Henri Têtu

S.E. le Cardinal Taschereau

Henri Têtu

S.E. le Cardinal Taschereau

ISBN/EAN: 9783337271138

Printed in Europe, USA, Canada, Australia, Japan

Cover: Foto ©Raphael Reischuk / pixelio.de

More available books at **www.hansebooks.com**

NOTICE BIOGRAPHIQUE

S. E. LE CARDINAL TASCHEREAU

S. E. LE CARDINAL E. A. TASCHEREAU
ARCHEVÊQUE DE QUEBEC

NOTICE BIOGRAPHIQUE

S. E. LE CARDINAL TASCHEREAU

ARCHEVÊQUE DE QUÉBEC

PAR

MONSEIGNEUR HENRI TÊTU

PRÉLAT DE LA MAISON DU PAPE—AUMONIER DE
L'ARCHEVÊCHÉ DE QUÉBEC

QUÉBEC
N. S. HARDY, LIBRAIRE-ÉDITEUR

1891

Typographie de C. DARVEAU.

CHAPITRE I

Naissance du cardinal Taschereau.—Ses études au Séminaire de Québec.—Voyage à Rome.—Il veut se
faire bénédictin. — Dom Guéranger. — Retour à
Québec.—Sa vie au Séminaire.—Missionnaire à
la Grosse-Ile en 1847.—L'un des fondateurs de
l'Université Laval.—Voyage à Rome où il obtient
le titre de docteur en droit canonique.—Supérieur
du Séminaire et recteur de l'Université.—Voyages
à Rome en 1862, 64, 69.—Théologien au Concile
du Vatican.—Mort de Mgr Baillargeon.—M. Taschereau nommé administrateur.

Le cardinal Elzéar-Alexandre Taschereau est né à Sainte-Marie de la Beauce, au
manoir seigneurial, le 17 février 1820. Son
père, l'honorable juge Jean-Thomas Tas-

chereau, était le petit fils de Thomas-Jacques Taschereau, originaire de la Touraine. Thomas-Jacques Taschereau avait quitté la France pour venir en Canada, vers le commencement du dix-huitième siècle, et il avait obtenu la concession d'une seigneurie, sur les bords de la rivière Chaudière. Il épousa à Québec, en 1728, Marie Fleury-D'Eschambault, dont la mère, Claire Jolliet, était fille et arrière-petite-fille de deux hommes célèbres au Canada : Jolliet, le découvreur du Mississipi, et Hébert, le premier colon canadien.

La mère du cardinal Taschereau, dame Marie Panet, était fille de l'honorable Jean-Antoine Panet, premier président de la Chambre d'Assemblée du Canada, et frère de Mgr Bernard-Claude Panet. Cette union fut heureuse : elle donna un juge à la magistrature et un cardinal à l'Église [1].

---

1 Ces deux anciennes familles de robe n'ont jamais cessé de fournir des hommes de loi éminents. L'Honorable Jean-Thomas Taschereau, frère du cardinal, actuellement à la retraite, a été successivement juge de la cour supérieure, de la cour d'appel, et de la cour

Le 1er octobre 1828, le jeune Elzéar-Alexandre Taschereau commença ses études au Séminaire de Québec. En dépit d'un âge qui fut toujours beaucoup au-dessous de celui de ses confrères de classe, les *palmarès* attestent les succès brillants qu'il remporta pendant son cours classique. Mémoire aussi active que tenace, jugement sûr, amour du travail, piété solide, modestie profonde, aimable gaieté dans les récréations : telles sont les principales qualités qui se manifestèrent et se développèrent en ce jeune élève, qui semblait dès lors destiné à jouer un rôle important dans la carrière qu'il embrasserait. A peine âgé de 16 ans, il terminait ses études en 1836, et, le printemps de la même année, il partait pour l'Europe avec M. l'abbé Holmes, du Séminaire de Québec. Ce fut sous la direction de ce savant mentor, qu'il eut

suprême. Son fils Henri est juge de la cour supérieure. L'honorable Elzéar Taschereau, juge de la cour suprême, est cousin du 3e au 2e degré avec le cardinal. Un autre Taschereau (André), cousin germain de Son Eminence, était lui aussi juge de la cour supérieure, à Kamouraska.

l'avantage de visiter les principales con-
trées de l'ancien continent, et d'enrichir sa
mémoire de connaissances que le cours
classique seul n'avait pu lui donner.

Le jeune Taschereau prit l'habit ecclésiastique à Rome, et il fut tonsuré, le 20
mai 1837, dans la basilique de Saint-Jean
de Latran, par Mgr Piatti, archevêque de
Trébizonde.

Pendant son séjour dans la ville éternelle, il eut souvent l'occasion de voir Dom
Guéranger, âgé alors de 32 ans seulement, et
qui travaillait au rétablissement de l'ordre
de Saint-Benoît en France. Le futur abbé
avait déjà cinq candidats à la règle béné-
dictine et il s'était établi avec eux à Saint-
Pierre de Solesmes. En ce moment, il sol-
licitait l'approbation du Saint-Siège, qui
lui fut en effet donnée le 1er septembre
1837. Cet homme de génie ne manqua pas
d'apprécier les talents et les vertus ecclésiastiques du jeune Taschereau, et il vit
de suite de quel trésor il enrichirait son
abbaye, s'il pouvait lui procurer un pareil
sujet. Il lui fit part de ses desseins et il

lui offrit de partager ses travaux. Profondément touché par la perspective d'une existence passée au fond du cloître, et consacrée tout entière à la prière et à l'étude, l'abbé Taschereau céda facilement aux instances du prieur de Solesmes, et il fut sur le point d'entrer dans ce fameux couvent des Bénédictins français.

Ceux qui l'ont connu alors — et il n'a pas changé depuis — comprendront sans peine combien la vie religieuse, et en particulier la vie d'un Bénédictin, était conforme à ses goûts et à ses aptitudes. Il aurait facilement ajouté les vœux de pauvreté et d'obéissance à celui de chasteté, qu'il se proposait de faire en entrant dans l'état sacerdotal. Son amour de l'étude aurait trouvé, dans le silence de la cellule monastique, un asile inviolable et sacré ; de concert avec Dom Guéranger, il aurait puisé à pleines mains dans les trésors des vieilles bibliothèques et des manuscrits poudreux, et nul doute que ses travaux eussent été aussi utiles à l'Église qu'honorables à la famille religieuse dont il aurait fait partie.

La divine Providence avait sur lui des
vues encore plus élevées, et elle le dirigea
comme par la main dans la voie qu'elle lui
avait tracée. L'abbé Taschereau ayant com-
muniqué son dessein à M. Holmes, celui-ci
répondit : " Mon enfant, votre famille vous
a confié à mes soins, c'est mon devoir de
vous ramener sous le toit paternel. Une
fois au Canada, vous pourrez étudier davan-
tage votre vocation, et revenir en Europe,
si Dieu le veut, pour embrasser la règle de
Saint-Benoît. "

Le jeune abbé, qui n'avait que 17 ans,
s'en revint donc au pays, et la voix de ses
directeurs, qu'il avait toujours regardée
comme celle de Dieu, lui fit sans doute com-
prendre qu'il lui serait plus méritoire à lui-
même et plus utile aux autres, de consacrer
ses talents et ses forces au service du Séminaire et de l'église de Québec. Il n'en a pas
moins été un bénédictin par ses œuvres, par
sa pauvreté volontaire, son renoncement à
tous les plaisirs du monde, son obéissance
parfaite et son profond respect pour ses
supérieurs, son inviolable fidélité à la règle

du séminaire, sa patience et sa persévérance
dans le travail [1]

En septembre 1837, il commença ses études théologiques que ses grands talents et
son habitude de la réflexion lui rendirent
prodigieusement faciles. A cette époque, les
élèves du grand séminaire étaient en même
temps professeurs, état de choses vraiment
déplorable, mais rendu nécessaire par le
nombre insuffisant des prêtres. L'abbé Taschereau, tout en apprenant sa théologie, fit
successivement les cours de Cinquième, de
Troisième et de Rhétorique.

Il n'avait que 22 ans et demi, quand il
fut ordonné prêtre (10 septembre 1842), à
Sainte-Marie de la Beauce, par Mgr Tur-
geon, alors coadjuteur de Mgr Signay. Le
séminaire réclama aussitôt ses services et
lui confia l'enseignement de la philosophie,
charge qu'il remplit pendant douze ans.

1 Dans un des voyages qu'il fit plus tard en Europe,
M. Taschereau ne manqua pas d'aller à Solesmes, pour
présenter ses hommages à Dom Guéranger, et visiter le
monastère où il s'était proposé un jour d'aller passer sa
vie.

M. Taschereau avait tout ce qui fait l'excellent professeur : la méthode, l'autorité, la clarté, jointes à la science.

Un jour qui fera époque dans sa vie, il fut arraché à ces paisibles occupations, par un cri de détresse qui retentit dans tout le pays : c'était le cri poussé par les innombrables victimes du typhus de 1847 !

Chassés de leur pays par la famine et la peste, des milliers d'infortunés Irlandais vinrent demander asile au Canada ; mais la maladie monta avec eux sur les vaisseaux, en détruisit un grand nombre pendant la traversée et suivit les autres à la Grosse-Ile, qui devint le théâtre de la charité et du dévouement des prêtres canadiens. La parfaite connaissance que M. Taschereau avait de la langue anglaise, le désignait d'avance pour l'un des missionnaires qui se succédèrent au chevet des malades et des mourants de la *quarantaine.* Il ne put demeurer que huit jours à la Grosse-Ile, mais il n'y fut pas inactif. Un vaisseau venait d'arriver encombré par six cents émigrés, tous frappés de la fièvre.

Deux cents de leurs compagnons, avaient
déjà succombé pendant le voyage et dor-
maient au fond de l'océan. Les survivants
entassés sur le navire étaient trop faibles
pour être transportés à terre, et l'abbé Taschereau dut leur donner les secours de la
religion sur le vaisseau même empesté par
les miasmes de la maladie. Il y passa des
journées entières à administrer les malades
et à les préparer à la mort. Mais comme
bien d'autres, il ne put résister longtemps,
et atteint lui-même par le terrible fléau,
dans l'exercice de son héroïque ministère,
il se rendit à l'Hôpital-Général, où il fut
pendant trois semaines en grand danger de
mort. Revenu à la santé, il retourna au
Séminaire de Québec, où il remplit tour à
tour, jusqu'à son élévation à l'épiscopat, les
fonctions de directeur du petit séminaire,
de préfet des études, de directeur du grand
séminaire, de professeur de théologie, des
sciences physiques, et de supérieur. M.
Taschereau laissa partout des traces ineffa-
çables de son passage, fonda parmi les élèves
des sociétés littéraires qui sont encore florissantes, fit une refonte complète des règle-

ments du petit et du grand séminaire, et
rédigea des traités d'architecture et d'as-
tronomie. Au milieu des charges importantes qui lui furent confiées et des travaux de tout genre auxquels il se livra,
l'érudit professeur trouva encore le temps
d'écrire l'histoire du Séminaire de Québec,
ouvrage immense, resté manuscrit, qui lui
coûta bien des recherches et qui renferme
les documents les plus précieux pour l'histoire de l'église de Québec. Nous avons
eu la bonne fortune de pouvoir consulter
ce volumineux travail, et nous y avons
trouvé des renseignements qui nous ont été
d'une grande utilité.

Mais l'œuvre par excellence à laquelle a
travaillé toute sa vie le cardinal Taschereau, c'est l'œuvre de l'Université Laval.
Cette institution fut fondée par le Séminaire de Québec, à la prière des évêques de
la Province, et érigée civilement par la
reine Victoria, le 8 décembre 1852. Les
directeurs du séminaire étaient alors au
nombre de neuf, parmi lesquels se trouvait
M. l'abbé Taschereau, qui fut ainsi l'un des

fondateurs de la première université catholique de l'Amérique du Nord. Il est le seul survivant des hommes distingués dont les noms sont inscrits dans la charte royale ; il est aussi celui qui a le plus travaillé et le plus souffert pour assurer l'existence et la prospérité de cette grande institution [1].

Il fut le premier des professeurs qui furent successivement envoyés en Europe pour se préparer, par de fortes études, à occuper des chaires dans la nouvelle université. Il partit pour Rome, au mois d'août 1854, demeura deux ans au Séminaire Français, dont il fut le premier élève canadien, et suivit les cours de droit canonique, récemment fondés par Pie IX, dans le Séminaire Romain de l'Apollinaire. Le 17 juillet 1856, M. Taschereau obtenait le diplôme de docteur, à la suite d'un long et brillant examen sur toutes les parties des décrétales. Parmi les examinateurs, se

1 Les autres fondateurs de l'Université étaient MM. Louis-Jacques Casault, Antoine Parent, Joseph Aubry, John Holmes, Léon Gingras, Louis Gingras, Michel Forgues et Edward-John Horan.

trouvaient Mgr Capalti, qui fut plus tard cardinal, et le célèbre professeur Philippe de Angelis, qui a été le plus savant canoniste de son temps, dans la ville éternelle.

Les élèves du grand séminaire de Québec ne tardèrent pas à bénéficier des fortes études de celui qui, pendant deux ans, s'était condamné à redevenir élève comme eux, pour pouvoir leur enseigner ensuite une science puisée à la source la plus pure et la plus abondante.

C'est en 1860, que l'abbé Taschereau devint, pour la première fois, supérieur du séminaire et recteur de l'Université. Il cessa de l'être au bout de six ans, quand la règle de la maison s'opposa à ce qu'il demeurât plus longtemps à sa tête ; les directeurs le réélurent en 1869.

En 1862, il accompagna Mgr Baillargeon à Rome et travailla avec lui dans les intérêts de l'Université. La même cause le fit de nouveau traverser la mer en 1864 ; et, en 1869, il fit un autre voyage à la ville éternelle en qualité de théologien de l'arche-

vêque de Québec, pendant le concile du
Vatican. Les relations nombreuses qu'il
eut avec les cardinaux et avec les évêques,
dans ces diverses circonstances, leur don-
nèrent occasion de connaître et d'apprécier
ses grands talents et sa science profonde
de la théologie et du droit canonique. Mais
c'est surtout dans les mémoires qu'il com-
posa pour défendre l'Université Laval, qu'il
donna la mesure de son jugement et de sa
puissante dialectique. Rien de plus clair,
de plus logique, de plus concluant.

Pendant son dernier voyage à Rome,
l'abbé Taschereau fut non seulement le
théologien, mais encore le garde-malade du
vénérable archevêque Baillargeon, dont la
santé faiblissait tous les jours, et qui me-
naçait de mourir entre ses bras. C'est
grâce à ses soins continuels et à son dévouement, que le prélat put revenir vivant dans
sa ville épiscopale. Mgr Baillargeon y vécut
encore quelques mois, et mourut, le 13 octobre 1870, assisté par celui qu'il avait dé-
signé depuis longtemps pour son successeur et en qui il avait toujours eu la plus

entière confiance. Il l'avait nommé son grand vicaire, dès l'année 1862, et, à sa mort, il le chargea d'administrer le diocèse, *sede vacante*, conjointement avec M. C.-F. Cazeau.

CHAPITRE II

Arrivée des bulles de Mgr Taschereau.—Son départ du
Séminaire.—Son sacre.—Réponses aux adresses.—
Son amour pour le petit séminaire de Québec, son
dévouement pour les collèges de Sainte-Anne, de
Chicoutimi et de Lévis.—Ses rapports avec les
ordres religieux.—Fondation de l'Hôpital du Sacré-
Cœur.

Les bulles de l'archevêque élu arrivèrent
à Québec, le 23 février 1871, et, le 27 du
même mois, il quitta le séminaire pour aller
résider à l'archevêché. Quelle douloureuse
séparation pour lui ! Quel cruel moment
que celui de ce départ ! nous nous rappel-
lerons toujours l'émotion de Mgr Tas-

chereau, et celle de son auditoire, quand
il répondit à la touchante adresse que lui
présentèrent, ce jour-là même, les professeurs et les élèves de l'Université Laval, du
Séminaire de Québec et du Collège de Lévis,
réunis dans la grande salle de l'Université.

" Il m'était toujours si doux et si agréa-
ble, dit-il, de voir réunie cette nombreuse
famille du Séminaire de Québec, de l'Université Laval, du Collège de Lévis, à la tête
de laquelle la Providence m'avait placé
comme supérieur et comme recteur ! Je sa-
vais que dans tous les cœurs mon affection
avait un fidèle écho, et je sentais que véritablement nous ne faisions tous ensemble
qu'un cœur et qu'une âme, dans la pensée
commune de servir la cause de la religion
et de la patrie, les uns en commandant ou
en enseignant, les autres en se préparant
par l'obéissance et par l'étude, à remplir les
desseins de la Providence.

" Hélas ! messieurs, faut-il donc que des
liens si étroits se trouvent brisés tout à
coup !

" Il y aura bientôt quarante-trois ans, un

tout petit écolier de huit ans et demi en-
dossait pour la première fois le *capot*, et se
rendait, livres et cahiers sous le bras, au
Séminaire de Québec, pour y commencer
ses études classiques. Neuf années plus
tard, après une année de voyage en Europe,
il entrait au grand séminaire, commençait
ses études théologiques, et, au bout de cinq
ans, il montait pour la première fois au
saint autel. Voilà toute l'histoire de ma
jeunesse.

" Les vénérables directeurs du séminaire
qui voulurent bien alors agréer mes services, dorment tous, excepté un seul, du
sommeil éternel, et reçoivent la récompense
de leur dévouement au séminaire. Dieu
seul connaît ce qu'ils m'ont accordé de charité et quelle fut ma douleur en les voyant
disparaître peu à peu de la scène de ce
monde.

" Ma vie sacerdotale de vingt-neuf ans,
aussi heureuse qu'elle peut l'être dans cette
vallée de larmes, s'est donc écoulée tout entière à l'abri de ces murs vénérables que
Mgr de Laval a élevés il y a deux siècles.

" Comme vous le voyez, messieurs, sur le demi-siècle qui a blanchi mes cheveux, le séminaire a eu plus de part que la maison paternelle.

" Hélas ! encore une fois il faut quitter cette maison où j'ai trouvé des pères dévoués, des confrères pleins d'affection, des enfants qui m'ont payé au centuple, par leur docilité, le peu de bien que j'ai essayé de leur faire. J'aurais espéré y vivre, y mourir, y reposer au milieu de ceux qui furent autrefois mes maîtres et mes modèles. Triste condition des enfants d'Adam, dont les projets les plus légitimes aboutissent trop souvent à la déception ! A mon grand malheur, j'ai prêché, exalté, recommandé et enseigné l'obéissance avec trop de zèle, pour avoir le droit de m'y soustraire aujourd'hui......"

Rien n'aurait pu consoler le cœur brisé de cet homme, qui, pour ainsi dire, ne faisait qu'un avec le séminaire, sinon la pensée exprimée à la fin de cette touchante allocution : que le toit sous lequel il allait désormais habiter, était voisin de celui qui

avait abrité les plus belles années de sa
vie. " Je pourrai facilement, disait-il, revoir
le séminaire, moins comme premier pasteur,
que comme un enfant qui vient dans la
maison paternelle par un instinct secret et
irrésistible. "

Mgr Taschereau fut consacré dans la
cathédrale, le 19 mars 1871, par Mgr Lynch,
archevêque de Toronto, assisté des évêques
Horan et C. Larocque. Six autres évêques
et plus de cent-cinquante prêtres assistaient
à cette imposante cérémonie. Mgr Langevin
fit le sermon de circonstance et le curé de
Québec donna lecture du mandement d'entrée de l'archevêque. " L'obéissance, Nos
Très Chers Frères, disait le prélat, l'obéissance à la voix du vicaire de Jésus-Christ
nous fait un devoir de monter sur ce trône
archiépiscopal de Québec, illustré par le
zèle, la prudence et la vertu de nos prédécesseurs. Dieu nous est témoin que nous
n'avons ni recherché, ni désiré cette charge
redoutable dont nous comprenons, aujour-
d'hui plus que jamais, les dangers et la
responsabilité. " Les lecteurs qui auront

eu la patience de lire les notices que nous avons publiées sur les évêques de Québec, sauront reconnaître la vérité de cet éloge rendu à leur mémoire par le quinzième successeur du premier pasteur de la Nouvelle-France. Ses collègues dans l'épiscopat, ses confrères dans le sacerdoce, les laïques eux-mêmes savaient qu'il était digne de leur succéder et de continuer l'œuvre commencée par le saint évêque de Laval. Pas plus que lui, il n'avait ambitionné la mitre ; il pouvait proclamer bien haut qu'il n'avait jamais désiré ni recherché les honneurs de l'épiscopat ; comme Laval, sa vie n'avait qu'un but : faire la volonté de Dieu, travailler jusqu'à la mort pour l'Église et pour son pays.

Dans l'après-midi de ce grand jour, Mgr Taschereau reçut les félicitations du clergé, de l'Université Laval, de la société Saint-Jean-Baptiste, et des élèves du petit séminaire. Plusieurs adresses lui furent présentées, et il répondit à toutes avec un tact et une délicatesse qui provoquèrent l'admiration de tous ceux qui eurent l'honneur de l'entendre. Sa réponse aux élèves du séminaire est un petit chef-d'œuvre que nous ne pouvons nous empêcher de citer en partie :

« J'avais naguère, dit le prélat, un beau jardin que je cultivais avec amour, en compagnie de frères dévoués ; nulle pensée étrangère ne pouvait m'en arracher ; j'aimais à m'y promener ; j'aimais à suivre l'épanouissement de ces fraîches roses que le retour de l'année scolaire faisait éclore, et que le soleil de l'étude, avec la douce rosée de la piété, mûrissait peu à peu et convertissait en fruits de bénédiction.

« Un matin, que je me garderai bien d'appeler un beau jour, on vint me dire tout d'un coup : votre jardin s'est agrandi, il est devenu un vaste champ, un diocèse, toute une province !.

« Et j'ai dit : *Fiat voluntas !* mais mon cher petit jardin sera toujours à moi, comme je serai toujours à lui. C'est là que la divine Providence me plaça jadis, humble plante, pour m'y faire prendre racine et m'abreuver de sucs bienfaisants ; je tiens à cette terre par trop de fibres pour qu'on

m'en arrache sans me faire mourir. Je con-
sens, puisqu'il le faut, à devenir un grand
arbre, qui ombragera toute une province,
pourvu que mon cher petit jardin soit encore là, près de moi, protégé par mes bran-
ches et me réjouissant toujours par ses
fleurs et par ses fruits......"

Le vénérable archevêque n'a pas aban-
donné son petit jardin ; il lui a tenu promesse ; il a veillé sur lui et l'a visité tous
les jours. Le jardin, de son côté, a fait la
consolation de l'auguste jardinier. Depuis
le 19 mars 1871, il lui a fourni des plantes
de choix, plus de cent soixante, qui ont
fructifié dans le grand jardin du sacerdoce
catholique.

Mgr Taschereau ne borna pas ses soins
au petit séminaire de sa ville épiscopale ;
les collèges de Sainte-Anne, de Lévis et de
Chicoutimi ont eu et ont encore une large
part dans sa sollicitude et dans ses bien-
faits. Que n'a-t-il pas fait pour sauver le
Collège de Sainte-Anne d'une ruine immi-
nente ! Un mois seulement après sa prise
de possession, il s'y rendit, pour voir par

lui-même l'étendue du désastre et pour avi-
ser aux moyens de le réparer. De retour à
Québec, il écrivit une circulaire pour faire
un chaleureux appel à la charité du clergé
et pour lui demander de nouveaux sacrifices. Il fallait payer une dette d'environ
cent mille piastres ! " Je n'ai pas besoin,
disait le prélat, d'insister sur les motifs par-
ticuliers que peut avoir le clergé, de faire,
en cette circonstance, quelques sacrifices
pénibles sans doute, mais, jusqu'à un certain point, nécessaires pour son honneur et
pour celui de la religion. Il faut considé-
rer aussi que ce collège est une pépinière
de prêtres pour l'archidiocèse, [1] et que,
sans son secours, il serait impossible de
pourvoir à tous les besoins nouveaux, que
l'accroissement de la population y fait
naître." Un comité fut nommé pour administrer cette importante affaire, des remises
furent obtenues d'un certain nombre de

---

[1] Depuis 1860, c'est-à-dire en dix ans, cette maison
avait donné quarante-deux prêtres à l'église de Québec.
Depuis 1829, année de sa fondation, quatre-vingt-six
prêtres en étaient sortis.

créanciers, et les souscriptions les plus gé-
néreuses vinrent alléger d'année en année
le fardeau de cette dette énorme, dont Mgr
Taschereau avait pour ainsi dire chargé ses
propres épaules. Un bon Cyrénéen vint à
son aide, et lui aida à porter cette croix
pesante : ce fut Mgr Poiré qui, en donnant
à lui seul $14,000.00, entraîna par son
exemple une multitude d'autres dévoue-
ments, quelquefois vraiment héroïques. [1]
L'archevêché, le Séminaire de Québec, les
Ursulines, souscrivirent généreusement. Un
inconnu donna $500.00 : c'était tout ce qu'il
possédait sur la terre. Prêtre du séminaire
pendant toute sa vie, il n'avait pu, avec
vingt piastres de salaire par année, amasser
une grande fortune. Il donnait ce qu'il
avait, mais c'était de bon cœur. Cet in-

---

1 Nous tenons à dire que le regretté Mgr Bolduc fut
l'un des membres les plus efficaces du comité de secours.
Peu de personnes savent les importants services qu'il a
rendus au Collège de Sainte-Anne, par sa connaissance
des affaires, par les souscriptions abondantes qu'il sut
obtenir, et par son invincible persévérance à dire qu'il
fallait à tout prix sauver cette institution. Nous le
regardons comme l'un des plus grands bienfaiteurs du
Collège de Sainte-Anne.

connu était, nous l'avons su depuis, Mgr
l'archevêque Taschereau. L'affaire de Sainte
Anne était devenue pour lui une affaire
capitale. Il en parle dans quatorze circulaires adressées à son clergé. Enfin le 28
août 1878, le comité rendait ses comptes,
la dette était payée, le Collège de Sainte-
Anne était sauvé par le dévouement de son
évêque, et la générosité de ses amis. Il crut
que la meilleure manière de témoigner sa
reconnaissance était de donner de nouveaux
ouvriers au maître de la vigne, et, de 1871
à 1891, il lui en fournit soixante-et-qua-
torze.

Tout en s'occupant du Collège de Sainte-
Anne, l'archevêque portait ses regards sur
une autre région destinée à devenir un
nouveau diocèse, et où M. le grand vicaire
Racine avait jeté les bases d'un petit séminaire. Mgr Taschereau suivit avec intérêt
les progrès de cette maison, et il favorisa
de tous ses efforts et de toutes les ressources dont il pouvait disposer, la construction d'un établissement plus vaste et
plus en rapport avec les besoins du Sague-
nay.

Le 25 mai 1872, il écrit à M. Racine :
" j'aimerais beaucoup que le nouvel établissement fût placé sous la protection spéciale
de la sainte Famille, comme le Séminaire
de Québec ; cela intéresserait tout particu-
lièrement saint Joseph, comme chef et pro-
tecteur de la sainte Famille, à pourvoir à
tous ses besoins....Ayez un tableau de la
sainte Famille pour la modeste chapelle de
la maison : Jésus sera le modèle, Marie la
mère, et Joseph l'économe de toute la communauté, et ainsi rien ne manquera, ni
pour le spirituel, ni pour le temporel......

" Vive le Séminaire de Jésus, Marie et
Joseph ! "

Le 15 août 1873, Mgr Taschereau érigea
solennellemet le Séminaire de Chicoutimi
qu'il regardait " comme une nouvelle faveur
accordée à notre pays, " et il lui donna son
existence canonique. Ce fut lui qui acheta
le terrain sur lequel devait être construit
le nouveau collège et qui fit les règlements
pour en assurer la bonne administration.
Pour en payer la construction, il demanda
à ses diocésains la contribution d'un centin

par année pendant trois ans. Quand le séminaire fut bâti, Mgr Taschereau crut que le moment était arrivé de diviser son immense diocèse. Le siège épiscopal de Chicoutimi fut érigé à sa demande, le 28 mai 1878, et le regretté Mgr Racine en devint le premier titulaire.

A l'avènement de Mgr Taschereau, le Collège de Lévis existait déjà depuis plusieurs années, et il était encore sous la direction du Séminaire de Québec. Bientôt il put se soutenir et marcher par ses propres forces, devenir indépendant, et acquérir les droits d'une corporation civile. Ce fut le 12 mai 1879, que l'archevêque approuva l'établissement d'un cours classique. " En vous transmettant cette nouvelle, qui, j'en suis certain, vous causera une grande joie, écrivait le prélat à Mgr Déziel (alors supérieur), je vous prie d'agréer mes félicitations, et les vœux sincères que je forme pour la prospérité spirituelle, temporelle et classique de ce bel établissement."

Ces souhaits ont été réalisés : le Collège de Lévis est aujourd'hui l'une des maisons d'éducation les plus florissantes du pays, sous tous les rapports. Il a déjà fourni un grand nombre de prêtres au diocèse de Québec et plusieurs de ses enfants sont entrés dans des ordres religieux.

C'est ainsi, qu'à l'exemple de ses prédécesseurs, Mgr Taschereau a favorisé et cultivé avec soin les vocations sacerdotales, et qu'il a fondé ou soutenu des séminaires pour assurer l'existence du clergé diocésain et national. Il a dignement continué l'œuvre commencée par Mgr de Laval et reprise par Mgr Briand. Comme eux, il aime à dire : *mon clergé,* en parlant de ses prêtres ; mais comme eux aussi, il sait apprécier les services rendus par les ordres religieux. Déjà les Jésuites et les Oblats de Marie Immaculée travaillaient aux œuvres de son diocèse ; il a appelé les Pères de la Congrégation du Très Saint-Rédempteur et leur a confié les importantes dessertes de Sainte-Anne de Beaupré et de Saint-Patrice de Québec. Tous ces religieux, auxiliaires presque nécessaires du clergé séculier, prêchent les retraites paroissiales

chapelles des communautés religieuses. Ce
fut l'envoyé du Pape qui reçut, à la porte
de la basilique, le brillant cortège, et Mgr
Taschereau chanta le service. La voix élo-
quente de Mgr Antoine Racine se fit de
nouveau entendre, pour rappeler à l'immense auditoire les vertus de celui dont le
tombeau était déjà si glorieux, et démontrer
la fécondité de son apostolat et la durée de
ses œuvres.

A peine les cérémonies de ce grand jour
étaient-elles terminées et les restes de Mgr
de Laval étaient-ils déposés dans la chapelle
de son séminaire, que l'on songea de suite
à lui préparer un triomphe plus éclatant :
celui qu'accorde l'Église aux saints cano-
nisés. Mgr Taschereau avait déjà fait connaître ses intentions par son mandement,
et, de concert avec ses collègues, il signa
une supplique pour que le Saint-Siège au-
torisât au plus tôt le procès préliminaire de
canonisation. Ses vœux furent exaucés,
son travail couronné de succès ; le procès
fut fait, approuvé à Rome ; et déjà le premier évêque de Québec a été proclamé

3

Vénérable ! ce sera là sans doute l'une des plus grandes joies qu'aura goûtées Son Éminence le cardinal pendant toute sa carrière épiscopale, disons pendant toute sa vie.

CHAPITRE VI

Mgr Conroy.—Mgr Smeulders.—Le premier cardinal
canadien.—Les fêtes cardinalices.—Discours de
S. E. le cardinal Taschereau.—Voyage à Rome
pour recevoir le chapeau.

Deux délégués ont été envoyés de Rome
au Canada, depuis que Mgr Taschereau
occupe le siège épiscopal de Québec. Le
premier, on l'a vu, fut Mgr Conroy, évêque
d'Ardagh. Il débarqua à Québec, en mai
1877, et fut reçu avec toute la pompe et la
solennité dues à son rang. Après avoir été,
pendant quelque temps, l'hôte de l'archevêque de Québec, il habita une maison

située sur le chemin Saint-Louis ; mais il fut obligé, à cause de la multiplicité des affaires qui lui arrivaient, à tout instant, des États-Unis et du Canada, de s'absenter souvent, et surtout de travailler plus que ne le permettait l'état de sa santé. Quelque soit le jugement que l'on porte sur les résultats d'une mission qu'au reste il n'eut pas le temps de terminer, Mgr Conroy a laissé le souvenir impérissable de sa science ecclésiastique, de son tact, et de son éloquence. Il ne cachait pas la haute estime qu'il avait conçue des lumières et des connaissances approfondies de l'Archevêque de Québec, de ses vertus solides et de sa droiture d'intention. Il lui donnait, nous en avons été le témoin, de nombreuses marques du profond respect qu'il avait pour lui. Il l'aimait véritablement et le regardait avec raison comme son ami. Fatigué par de nombreux voyages et plus encore par les soucis inhérents à sa délicate mission, le prélat fut bientôt à bout de forces, et, le 28 juin 1878, se trouvant alors à Halifax, il écrivait à l'archevêque de Québec :

" Je suis accablé par le pesant fardeau dont on a chargé mes faibles épaules. Je souffre de mon isolement, et souvent je désirerais être près de vous pour confier à votre bienveillance le trop plein de mon cœur. J'ai besoin de vos prières et de vos sympathies, afin que je puisse souffrir mes petites épreuves pour le service de l'Église." [1]

La tâche était trop lourde pour Mgr Conroy, et bientôt après avoir écrit cette lettre, il mourut à Saint-Jean de Terreneuve. En apprenant cette mort aussi soudaine que lamentable, l'évêque de Portland écrivit de suite à Mgr Taschereau, pour lui offrir ses condoléances. " Il (Mgr Conroy) m'a honoré, dit-il, de son amitié et en quelque chose de sa confiance. Et c'est par cette connaissance intime, Monseigneur, que j'ai su en quelle estime et affec-

---

1 " I am very weary of the heavy load laiden on my weak shoulders. I feel my solitariness very much, and I often wish I were near you to open my heart to your kindness. I have need of your prayers and of your sympathy, that I may suffer my little trials for the sake of the Church."

tion il vous regardait, et quelle considéra-
tion il attachait aux vues et aux désirs de
Votre Grandeur. Vous avez perdu un ami
dévoué, Monseigneur, et l'église du Canada
a perdu un grand appui."

Mgr Smeulders fut le second représentant du Saint-Siège en Canada. C'était
un moine cistercien demeurant à Rome.
Comme il ne parlait le français qu'avec
difficulté et ne savait pas l'anglais, il ne
put jouer le rôle brillant de son illustre
prédécesseur. Arrivé le 21 octobre 1883,
il quitta définitivement le pays le 29 décembre de l'année suivante, après avoir séjour-
né tantôt à Québec, où il était l'hôte des
RR. PP. Rédemptoristes, tantôt à Montréal,
où il logeait chez les RR. PP. Oblats.

Ce fut cette même année 1884, que Mgr
Taschereau fit, comme évêque, un second
voyage à Rome où il demeura pendant
sept mois. Son premier pèlerinage au tombeau des apôtres avait eu lieu en 1872,
l'année qui suivit celle de sa consécration
épiscopale.

Comme tous ceux qui ont vu et connu
l'archevêque Taschereau, Mgr Smeulders

ne manqua pas d'être frappé par cette noble figure, et, convaincu de ses **hautes** capacités et de **son** mérite, il alla jusqu'à recommander à la Propagande de l'élever à la dignité de cardinal

Les vœux du commissaire apostolique furent exaucés deux ans plus tard, et, le 7 juin 1886, Sa Sainteté fit entrer Mgr Taschereau dans les rangs du Sacré Collège.

" Avouons-le, dit la notice publiée dans *Le premier cardinal canadien*, si le Canada pouvait avoir quelque prétention à l'insigne honneur que vient de lui faire le Souverain Pontife, les circonstances étaient singulièrement favorables, puisque le siège métropolitain de Québec était occupé par un homme dont la vaste intelligence, la science profonde et la vertu solide offraient au choix du Saint-Père, un sujet tout à fait digne de revêtir la pourpre cardinalice, cette haute dignité n'étant que la récompense d'une vie pleine de mérite. "

Nous n'avons pas besoin de dire combien fut grande l'allégresse produite dans tout le pays par la nouvelle de cette nomination.

Protestants comme Catholiques n'eurent qu'une voix pour applaudir au décret pontifical et pour faire l'éloge de Son Éminence le cardinal Taschereau.

Le *Morning Chronicle* de Québec écrivait, dès le 11 mars :

" Nous croyons tenir de bonne source que Sa Grâce l'Archevêque Taschereau, de ce diocèse, va être élevé au rang de Cardinal — Prince de l'Église — par Sa Sainteté le Pape. Cette nomination ne peut manquer de plaire à tout le pays, et elle est bien méritée. Protestants et catholiques sont unanimes dans leurs sentiments de sympathie envers le noble Archevêque, dont les talents, la science et l'habileté administrative sont connus et appréciés dans le Dominion. Cette promotion est en même temps un insigne hommage au Canada, et nous prions Son Éminence de vouloir bien agréer nos félicitations. Espérons qu'il vivra longtemps pour jouir de l'honneur et de la dignité de sa haute position."

" C'est, disait de son côté le *Budget*, une heureuse rencontre que le premier

ecclésiastique canadien, choisi pour une si
éminente position, soit un homme d'un aussi
irréprochable passé et d'une aussi grande
largeur de vue que Sa Grâce de Québec...
Qu'il nous suffise d'ajouter que, s'il a souffert, sa récompense est comparativement
d'autant plus grande. Aussi le pays tout
entier, sans distinction de races ou de
croyances, s'en réjouit-il de tout cœur.
Administrateur sage et prudent de son diocèse, homme d'un caractère inattaquable,
doux quoique ferme, d'un aspect sévère,
et cependant aussi sensible qu'un enfant,
l'absence chez lui de tout fanatisme en
même temps que ses idées larges en face du
progrès du siècle, l'ont rendu cher à toutes
les classes et ont fait respecter son nom
d'un bout à l'autre de la confédération. "

On comprend la jubilation des catholiques, lorsque les protestants eux-mêmes
se réjouissaient de la sorte et faisaient de
Son Éminence un portrait si élogieux et en
même temps si fidèle. Aussi les fêtes cardinalices furent-elles les plus belles et les
plus enthousiastes qu'aient jamais célébrées

la ville de Champlain et le Canada tout
entier, plus belles que la fête du deuxième
centenaire, plus belles que la fête de la
translation des restes de Mgr de Laval,
plus belles que la fête de la Saint-Jean-
Baptiste en 1880, alors que toutes les
sociétés canadiennes du pays et de l'étranger étaient convoquées à un congrès solen-
nel dans la vieille cité de Québec.

Il a fallu un long volume pour en donner un compte-rendu ; ce volume est inti-
tulé : *Le premier cardinal canadien*, et
il est le digne couronnement de toutes les
démonstrations et cérémonies qui eurent
lieu pendant ces jours d'universelles réjouissances. Il a porté au loin l'écho de
notre joie, il a dit éloquemment à Léon
XIII notre éternelle reconnaissance. C'est
dans ce livre, qu'il faut lire les magnifiques
et importantes adresses présentées à Son
Éminence par les deux Chambres de la
Législature provinciale, par le clergé, la
Société de St-Jean-Baptiste, les zouaves
Pontificaux, etc., et les éloquentes réponses
du premier cardinal canadien.

Le comte Charles Gazzoli, garde noble et délégué officiel du Saint-Siège, vint remettre la calotte à Son Éminence. Mgr Henry O'Brien, camérier secret **du Pape**, fut, après **lui**, porteur de la barrette rouge ; et Mgr Lynch, qui avait donné l'onction épiscopale à Mgr Taschereau, lui remit aussi, le **21** juillet, l'insigne de la dignité cardinalice. Un grand banquet suivit l'auguste cérémonie qui venait d'avoir lieu dans la basilique de Québec et plusieurs discours y furent prononcés. Celui du cardinal fut, sans contredit, le plus remarquable ; nous le citons presque entier ; s'il terminait admirablement ce banquet, il terminera encore mieux ce modeste chapitre :

. . . .

" Au delà de deux siècles se sont écoulés, depuis que le premier évêque du Canada, l'illustre et saint Monseigneur de Montmorency-Laval, remontait le Saint-Laurent. Pendant un mois **entier** que dura ce voyage, il eut le loisir de contempler les deux rives de ce fleuve majestueux dont la sublime **grandeur lui faisait** deviner l'im-

mensité du pays qu'il devait évangéliser.
Son œil d'apôtre se fixait ardemment et
avec anxiété sur ces vastes forêts, abri-
tant d'innombrables peuplades *assises à
l'ombre de la mort*, et plongées dans les
ténèbres de l'ignorance et de la barbarie.

" Plus d'une fois, peut-être, un nuage de
découragement et de frayeur fit passer une
ombre sur cette grande âme que le zèle, la
foi et la charité la plus ardente ne pou-
vaient soustraire à l'infirmité humaine.

" Permettez-moi de vous dire une histoire, dont je ne garantis point l'authenti-
cité, mais pour laquelle je réclame cependant une foi absolue.

" Un jour donc que Mgr de Laval avait
longtemps prié, pour attirer les bénédictions célestes sur lui-même, sur ses missionnaires et sur cette innombrable multitude d'âmes au salut desquelles il s'était
généreusement dévoué, un sommeil profond
vint le surprendre.

" Tout à coup lui apparaît un homme
portant un vêtement fait de poil de cha-
meau et une ceinture de cuir, tel que

l'Évangile nous dépeint le précurseur du Messie. (Matth., iii, 4.)

" Ne crains point, dit-il à l'apôtre du Canada ; je suis Jean-Baptiste, le patron des Canadiens ; je suis envoyé vers toi pour te montrer ce que deviendra ce pays.

" Ouvre les yeux et porte tes regards sur les rives de ce grand fleuve. Vois-tu ces champs fertiles qui ont remplacé les forêts dont le sombre aspect t'effrayait tout à l'heure ?

" Les maisons échelonnées sur les rives, abritent des familles nombreuses et contentes de leur sort."

" Regarde ces villages rapprochés les uns des autres, entourant le temple où le Sauveur du monde reçoit les hommages des fidèles et verse sur eux les trésors de sa miséricorde et de son amour. Entre dans cette église de campagne, et admire le sentiment profond de piété de ces hommes dont la générosité n'a pas de borne, quand il s'agit de contribuer à la magnificence de la maison de Dieu.

" Dans quelques instants apparaîtra cette

ville naissante où le vicaire de Jésus-Christ a placé le siège épiscopal que tu dois occuper. C'est là que, pendant un demi-siècle d'épiscopat, tu travailleras à la vigne du Seigneur.

" Compte, si tu peux, les provinces et les diocèses qui sur ce vaste continent regarderont l'église de Québec comme leur mère.

" Regarde ces rochers couronnés par une citadelle imprenable ; vois ce que sera dans deux siècles cette cité où doivent reposer tes cendres ; ces nombreux asiles de la piété et de la science. Vois-tu ces immenses constructions ? ce sont ton Séminaire et l'Université qui se glorifiera de porter ton nom. Écoute les accents de la joie universelle qui, dans deux siècles, retentiront dans tout le Canada, parce que ton quinzième successeur aura été revêtu de la pourpre. Prends part avec moi à cette réjouissance. Vois-tu assis autour de lui dans un banquet, les représentants de l'autorité civile, de nombreux prélats, une armée de ministres du Seigneur, des convives de toutes nationalités et de toutes croyances, levant les yeux et les mains au ciel pour le remercier d'un honneur qui rajaillit sur tout le Canada ?

" Le Canada si petit aujourd'hui et qui compte à peine quelques centaines de Français, le Canada s'étendra alors d'un océan à l'autre, et ces océans seront reliés par un chemin de fer sur lequel rouleront des palais emportés par le feu et l'eau. Sans être une nation indépendante, il en aura tous les privilèges, et l'immortel Pontife qui occupera alors le siège de Pierre, fera tomber sur cette nation un rayon de lumière céleste, et la reconnaîtra comme telle, en appelant un de ses enfants à partager avec lui la sollicitude de toutes les églises. A cette occasion, il déclarera solennellement qu'il a voulu récompenser la foi de cette jeune nation destinée à de grandes choses et son attachement au Saint-Siège. Tels seront alors les fruits de cette vigne que tu vas planter et cultiver. Tes sueurs n'auront donc pas été stériles.

" A la vérité, tes successeurs, comme toi-même, auront des fatigues à endurer, des combats à livrer, des jours d'angoisse, des

tentations de découragement : il y aura des
guerres, des luttes intestines, toutes les mi-
sères de cette vallée de larmes… Mais l'or
s'éprouve et se purifie par le feu, et les
pensées de Dieu qui permet ces épreuves,
sont trop profondes pour être toujours
comprises par l'intelligence humaine.

" Un siècle après ton arrivée, il y aura
une guerre terrible entre les deux plus
grandes puissances du temps. Voisines sur
ce continent nouveau comme sur l'ancien,
elles y transporteront leurs querelles Euro-
péennes, et le Canada, après une résistance
héroïque, passera sous la domination de
l'Angleterre. Il y aura grande désolation
dans toute la famille canadienne-française.
Pour tout cœur bien né, c'est une agonie
que d'être séparé d'une mère chérie. Con-
sole-toi, pauvre famille orpheline, la Providence veille sur toi, et ce sera précisément
cette douloureuse séparation qui fera ton
salut et ton bonheur. La France sera bou-
leversée de fond en comble, elle sera comme
une ville bâtie sur un volcan toujours prêt
à l'anéantir. Pendant ce temps, la famille

canadienne aura sans doute ses jours d'é-
preuves et de luttes, mais à la tempête
succèdera le calme, elle grandira avec une
rapidité étonnante ; elle envahira pacifique-
ment ses immenses forêts, puis se répandra
peu à peu d'un océan à l'autre, et jusque
dans une grande république voisine ; et
tout cela, parce que, sous l'égide de la puissante Angleterre, elle jouira de toute la
liberté religieuse et politique qu'il est pos-
sible de désirer. Elle vivra en profonde
paix avec les autres familles de diverses
origines et de différentes croyances, et par-
ticipera aux avantages que l'union et la
concorde produisent infailliblement. Ce
sera juste le moment que l'habile Pontife
qui gouverne l'Église, choisira, pour lui
donner une marque solennelle de son affection, et acquitter une dette de reconnaissance pour les courageux défenseurs que
cette nation lui aura envoyés dans les jours
de péril.

" En ce temps-là, l'Empire Britannique,
sur lequel le soleil ne se couchera point,
sera gouverné par une Souveraine dont les
vertus feront l'admiration et l'édification

de ses innombrables sujets, en même temps que sa justice et sa bonté la leur rendront chère comme une mère à ses enfants.

" Que Dieu la conserve longtemps à leur affection !

" A peine saint Jean-Baptiste, le plus canadien des canadiens, avait-il prononcé ces paroles de loyauté vraiment canadiennes, qu'un coup de canon annonce l'entrée au port. Mgr de Laval se réveille tout consolé et émerveillé de cette vision, et se prépare à prendre possession de cette terre qui est devenue sa patrie.

J'ai fini mon histoire.

" A vous de la juger.

" A moi de vous remercier de la bienveillance avec laquelle vous l'avez écoutée.......''

Les fêtes étaient à peine terminées à Québec, qu'elles se continuaient à Montréal, puis à Ottawa, où le cardinal se rendit pour remettre le *Pallium* aux seigneurs Fabre et Duhamel, dont les sièges venaient d'être érigés en archevêchés. Ces magnifiques cérémonies ont été les premiers actes solen-

nels de Son Éminence, qui reçut dans les
deux villes les témoignages les plus écla-
tants du respect et de la vénération du
clergé et du peuple.

Il ne restait plus au cardinal Taschereau
qu'à recevoir le dernier insigne du cardinalat. Il partit pour Rome, le 26 janvier
1887, et, le 17 mars suivant, Sa Sainteté
Léon XIII lui remit le chapeau, et lui assi-
gna pour titulaire l'église de Notre-Dame
de la Victoire. Son Éminence en prit possession deux jours après, et se hâta de revenir dans sa ville épiscopale. Ce voyage à
Rome était le troisième que le cardinal eût
fait depuis sa consécration.

CHAPITRE VII

Règlement de vie du cardinal.—Ses travaux.—Ses
mandements.—Ses visites pastorales.— Son zèle
pour la colonisation et l'établissement de nouvelles
paroisses.—Saint-Joachim.—Longue vie à Son
Éminence !

Il serait difficile d'imaginer une vie mieux
réglée que celle du cardinal Taschereau.
Levé tous les matins à cinq heures, il
commence sa journée par l'oraison mentale,
exercice auquel il ne manque *jamais*. A
six heures, Son Éminence dit la messe au
maître-autel de la basilique, quand des
cérémonies religieuses ne l'appellent pas
dans quelque communauté de sa ville épis-

copale. Son action de grâces terminée, il prend un frugal déjeuner, qui dure à peine dix minutes et souvent moins ; alors, qu'il fasse froid ou chaud, tempête ou beau temps, pluie, neige ou soleil, il se rend au jardin du séminaire, pour respirer le grand air et ranimer ses forces par un exercice modéré. Si le temps le permet, il récite en même temps son bréviaire, et avant huit heures il est rendu à son bureau, où il travaille invariablement jusqu'à midi. Peu de princes de l'Église sont d'un abord aussi facile que le cardinal Taschereau. Tous ceux qui ont affaire à lui sont certains de pouvoir obtenir une audience, et sans faire antichambre. Sa porte n'est fermée à personne ; les plus petits et les plus pauvres peuvent de suite, quand ils se présentent, exposer leurs besoins et demander des faveurs à Son Éminence.

On lui reproche de parler trop peu ; s'il parle peu, que de temps précieux il se ménage par ce moyen ! Et que de vertus il pratique ! Et quel exemple pour ceux qui parlent trop ! En revanche, il écrit beaucoup.

Si quelqu'un s'adresse à lui par lettre, il est sûr de recevoir, dès le lendemain, une réponse écrite de sa main, et écrite avec autant de clarté que de précision. A midi, le premier coup de la cloche le fait descendre au réfectoire, et à midi et demi le dîner est terminé. Le cardinal est un membre actif de la société de tempérance, et on peut sans crainte le citer pour un modèle accompli. Il ne boit ni thé, ni café, ni vin, ni bière. L'eau claire et le lait lui suffisent. Après le dîner, il prend un peu de récréation, en marchant tantôt dans le jardin du séminaire, tantôt dans la cour, où il prend plaisir à voir les ébats de ses chers élèves du petit séminaire, qui seront toujours la portion chérie de son troupeau.

A une heure et demie, il a encore récité une partie de son bréviaire, qu'il termine dans le courant de l'après-midi. Jusqu'à six heures et demie, il est à son bureau, et c'est de là qu'il dirige toutes les affaires de son diocèse. Et quels travaux il a faits depuis qu'il est évêque ! Ses mandements et ses circulaires publiés jusqu'à ce jour forment deux gros volumes. Si l'on veut se faire une idée de l'étendue de sa correspondance et seulement sur des sujets importants, qu'il suffise de savoir que les seules lettres enregistrées forment six volumes in-folio, d'à peu près neuf cents pages chacun.

A six heures et demie, Son Éminence prend un souper qui dure au plus vingt minutes, et retourne au séminaire, pour une heure de récréation, passée avec les élèves du petit ou du grand séminaire. A huit heures, le cardinal fait sa prière et sa visite au Saint-Sacrement, récite son chapelet, et, à neuf heures précises, il se livre au repos.

Chaque mois, à une date marquée sur son calendrier, il prend un jour, et une fois chaque année six jours, pour se livrer aux exercices de la retraite spirituelle. Chaque semaine, au même jour et à la même heure, il s'approche du sacrement de pénitence ; chaque semaine aussi, il fait le chemin de la croix. Tous les samedis de l'année, à cinq heures précises, Son Éminence se rend à pied à l'église de la basse-ville, pour prier devant le Saint-Sacrement et devant la statue de Notre-Dame des Victoires.

Depuis son intronisation sur le siège épiscopal, Mgr Taschereau a présidé les trois derniers conciles provinciaux ; il a consacré sept évêques [1] et ordonné trois cent dix prêtres, dont deux cent cinquante-neuf pour l'église de Québec.

Les quelques citations que nous avons faites des mandements et des discours du cardinal Taschereau suffisent à démontrer qu'il a fait sa marque comme écrivain.

L'histoire manuscrite du séminaire de Québec révèle en lui toutes les qualités de l'historien ; dans quelques-uns de ses discours, il s'élève jusqu'à la véritable éloquence et, dans quelques autres, il sait admirablement toucher la note poétique. A l'inauguration solennelle des nouvelles salles de l'Institut Canadien, en 1882, il y eut un véritable concours littéraire, et

1 Mgr E.-C. Fabre, Mgr A. Racine, Mgr J.-T. Duhamel, Mgr L.-Z. Moreau, Mgr D. Racine, Mgr L.-N. Bégin et Mgr A.-A. Blais.

plusieurs de nos littérateurs de renom
prirent tour à tour la parole. Mgr Taschereau y lut un discours qui fut sans contredit le meilleur, et qui restera l'ornement
des annales de cette institution. Mais la
gloire d'auteur n'a jamais tenté le cardinal.
Sa gloire, à lui, son bonheur, c'est de travailler à la vigne du Seigneur, de la manière
qu'il croit la plus efficace. Et nous sommes
le témoin que ses travaux ont été immenses, et que tout son temps est consacré
au gouvernement de son diocèse.

Chaque année, il ne manque jamais d'en
visiter une partie et il l'a déjà parcouru
quatre fois dans toute son étendue. Dans
ces visites, cent vingt mille fidèles ont reçu
de ses mains le sacrement de confirmation.
Pas de missions qu'il n'ait vues par lui-
même et dont il n'ait encouragé les commencements toujours si pénibles. C'est en
se rendant compte des besoins et des ressources de nos townships, que son zèle pour
l'œuvre de la colonisation n'a fait que
grandir. Convaincu que pour retenir les
Canadiens dans le pays, il ne suffit pas de
leur donner des terres à cultiver, mais

qu'il leur faut des prêtres pour bénir leurs
travaux et des églises où ils puissent se
réunir et prier, le cardinal s'est efforcé de
multiplier les missions et les chapelles, et,
par son ordre, de courageux missionnaires
vont partager avec les colons, les fatigues et
les privations que l'on rencontre toujours
dans les nouveaux établissements. Avec
l'aide de la Propagation de la Foi, et d'une
société de colonisation dont il est le fondateur, il a érigé canoniquement quarante
paroisses et établi trente-et-une missions,
dont dix ont actuellement un curé résident.

" Dans ses tournées pastorales annuelles,
le cardinal est presque indifférent aux démonstrations éclatantes, que lui font les
grandes paroisses, et il ne s'y prête que pour
ne pas froisser un sentiment digne d'éloge,
uniquement inspiré par la foi ; mais quand
il arrive dans une mission nouvelle, quand il
voit la chapelle rustique, qui ne se dis-
tingue des cabanes qui l'environnent que
par ses dimensions, mais donne un témoignage des efforts et de la foi vive de ces
braves colons, alors son cœur se dilate, il se

sent tout ému, il est plus touché de la
bonne volonté s'exhalant de cette misère,
que des brillantes solennités des paroisses
riches. Il va visiter ces pauvres gens, il les
encourage, il compatit à leurs privations, il
se sent plus père au milieu d'eux. Son visage,
naturellement froid, semble se transformer,
et ne respirer que la joie et le bonheur,
quand il arrive dans une de ces missions
naissantes, où la forêt ne s'est en quelque
sorte reculée que juste pour donner place
à une petite chapelle. Assez souvent, il lui
faut, pour cela, franchir des dix, douze et
quinze lieues par des chemins exceptionel-
lement mauvais ; mais il ne voudrait pas,
pour tout au monde, omettre la visite
d'une seule de ces missions. Du reste,
cette visite se fait avec les mêmes solennités que dans les riches églises des anciennes paroisses: l'entrée se fait avec chape,
mitre et crosse, suivant toutes les prescrip-
tions du Pontifical ; et souvent il a recom
mandé au cérémoniaire qui l'accompagne,
de faire pour ces pauvres gens comme pour
les grandes paroisses. Malgré la fatigue de

ces voyages continuels, malgré des nuits
souvent passées sans sommeil, à cause des
moustiques, ce fléau des nouveaux défri-
chements, Son Éminence donne aux autres
prêtres de la visite, l'exemple de la ponc-
tualité, en même temps qu'elle les encourage au travail par un visage toujours
souriant.

" Avec des sentiments comme ceux-là, on
comprend que Son Éminence ne confie à
d'autres la visite pastorale de son diocèse,
que lorsqu'elle ne peut faire autrement.
Même alors son cœur suit la visite, et va de
paroisse en paroisse avec son vénérable
remplaçant. On en jugera par l'extrait suivant d'une lettre écrite de Rome, en 1884,
au milieu des préoccupations des affaires
les plus importantes, à l'un des prêtres [1] qui
faisaient partie de la visite pastorale cette
année-là, et qui a bien voulu nous le communiquer. On nous saura gré de la produc-
tion de ce petit trésor, où le cœur de Son
Éminence se montre à découvert :

[1] M. l'abbé C. O. Gagnon, aujourd'hui Camérier
Secret de S. S. Léon XIII.

" Mon cher monsieur,

" J'ai reçu hier, avec beaucoup de plaisir,
" votre lettre du 25 juin, écrite de Saint-
" Georges de Beauce, en plein milieu de la
" visite. Je regarde souvent cet itinéraire,
" que je parcours en esprit, en regrettant
" de ne pouvoir le faire aussi de corps. Ce
" qui me contrarie et me contriste le plus,
" c'est de ne pouvoir connaître par moi-
" même les progrès de ces diverses missions
" naissantes dont il est si intéressant et si
" encourageant de suivre les accroisse-
" ments. De plus, cette connaissance person-
" nelle est souvent nécessaire pour résoudre
" bien des difficultés. Vous avez grande-
" ment raison de dire que j'aurais éprouvé
" un grand bonheur en voyant les progrès
" de Saint-Zacharie, et je vous remercie de
" l'intérêt tout particulier que vous avez
" manifesté pour cette mission naissante,
" qui paraît en si bonne voie de prospérité.
" *Quarante confirmands !* C'est plus qu'il
" n'y avait *d'âmes* quand j'y suis allé en
" octobre 1881 !".................

" Votre tout dévoué en N. S.

" † E. A. ARCH. de Québec."

" Qu'on le remarque bien, cette visite pastorale n'est pas une simple tournée de Confirmation, bien que l'administration de ce sacrement en soit l'occasion. Son Éminence, suivant en cela l'exemple de ses zélés devanciers, visite tout : l'église, l'autel, les vases sacrés, le vestiaire, la sacristie, le presbytère et surtout les comptes de la fabrique ; et elle prend des notes sur ce qu'elle voit. Il en résulte quelquefois des reproches ou des avertissements charitables, mais le plus souvent des compliments et des encouragements. Aussi peut-on affirmer que Son Éminence connaît toutes les ressources, tous les besoins, tout ce qu'il y a à améliorer, à perfectionner, à créer dans toutes les paroisses et missions de son vaste diocèse." [1]

Dieu a visiblement béni les œuvres de son serviteur fidèle. Et cette bénédiction, le cardinal l'attribue en grande partie à la belle et touchante dévotion des Quarante-Heures, qu'il a établie dans toutes les

---

[1] *Le premier cardinal canadien.*

églises de son diocèse, par son admirable mandement de l'année 1872. Ajoutons que cette bénédiction est due aussi à la grande confiance et à la piété de Son Éminence envers la sainte Vierge et envers saint Joseph.

Au retour de ses visites pastorales, le vénérable prélat prend quelques jours de repos, dans sa paroisse natale de Sainte-Marie, et à la maison toujours aimée de Saint-Joachim. C'est là qu'abandonnant pour un instant les soucis de la charge épiscopale, il reprend la belle vie des vacances du séminaire, et répare ses forces en respirant l'air embaumé du Petit-Cap. Là, loin du tumulte des affaires, délivré des exigences de l'étiquette, au sein de la tranquillité et de la paix, il prend part aux promenades des élèves, et repose son esprit dans ce séjour enchanteur, sanctifié et béni par la mémoire impérissable de Mgr de Laval et de Mgr Briand.

Son élévation à la pourpre romaine n'a changé en rien le règlement de vie du cardinal Taschereau. Ceux qui demeurent avec lui, savent quels combats il a fallu

livrer, pour lui faire accepter certains honneurs et certaines dépenses jugés indis-
pensables à sa dignité. Simple dans ses
goûts, ennemi du faste, le devoir seul peut
lui faire supporter des hommages qu'il
appelle aimablement *des persécutions.*

Mais autant il aime la simplicité et la
pauvreté dans son palais et dans les détails
de la vie privée, autant il veut la splendeur
dans la maison de Dieu et dans les cérémonies du culte divin. Scrupuleux obser-
vateur des rubriques, il veille avec soin à
ce que tous ses ecclésiastiques en soient
parfaitement instruits, et servent au chœur
de manière à rehausser l'éclat des offices
religieux. Aussi peu de cathédrales ont
des fêtes pontificales aussi belles que celles
de la basilique de Québec. Peu d'églises
ont un pontife officiant avec plus de majesté
que S. E. le cardinal Taschereau.

Quand revêtu des ornements sacrés, la
crosse en main, sa noble tête couverte de
la mitre étincelante d'or et de pierreries,
il quitte son trône, accompagné de ses nombreux assistants, et s'avance vers l'autel,

4

pour commencer la célébration des saints
mystères, un sentiment de respect et d'admiration pénètre tous les cœurs ; on voit
briller dans toute la personne de ce vénérable prélat, la foi du chrétien, les vertus
du prêtre, et la majesté d'un prince de
l'Église.

Son Éminence mérite bien qu'on lui
applique l'éloge que fait l'Esprit-Saint, du
grand-prêtre Simon, dans le livre de l'Ecclésiastique :

" Simon, dit l'écrivain sacré, grand pontife, a soutenu la maison du Seigneur tant
qu'il a vécu.... Il a eu un soin particulier
de son peuple, et il l'a délivré de la perdi-
tion.... Il s'est acquis de la gloire par la
manière dont il a vécu avec le peuple ; et
il a élargi et étendu l'entrée de la maison
du Seigneur.... Il a lui dans le temple de
Dieu comme un soleil éclatant de lumière
.... comme un vase d'or massif orné de
toutes sortes de pierres précieuses. Il a
paru comme un olivier... lorsqu'il a pris
sa robe de gloire et qu'il s'est revêtu de
tous les ornements de sa dignité. En mon-

tant au saint autel, il a honoré ses vête-
ments de sainteté. *In ascensu altaris
sancti, gloriam dedit sanctitatis amictum.*"

Puisse le cardinal Taschereau, prince et
grand-prêtre dans le temple de Jésus-
Christ, vivre longtemps encore pour l'honneur de ce temple et pour le bonheur des
fidèles confiés à ses soins !

Quand, un jour, il quittera son siège
épiscopal, pour aller s'asseoir sur le trône
qui lui est préparé au ciel, il laissera à son
successeur un diocèse admirablement orga-
nisé, un clergé modèle, un peuple croyant
et religieux, une église sanctifiée par ses
évêques et honorée à jamais par les gloires
du cardinalat.

FIN.

CHEZ LE MÊME LIBRAIRE

—

Notices biographiques — *Les Évêques de Québec* — par Mgr H. Têtu. Un beau volume in-octavo avec dix-sept portraits.

Mandements des Évêques de Québec — Publiés par Mgr H. Têtu et l'abbé C. O. Gagnon Six volumes in-octavo.

et ecclésiastiques de l'archidiocèse, et c'est toujours l'un d'entre eux qui accompagne l'évêque, en qualité de prédicateur, dans sa visite pastorale.

Ajoutons que Mgr Taschereau a confié des écoles aux Frères du Sacré-Cœur de Jésus, aux Clercs de Saint-Viateur, aux Frères de Saint-Vincent de Paul, aux Frères de la Charité et aux Frères Maristes. C'est sous son administration que toutes ces congrégations ont commencé à enseigner dans le diocèse de Québec.

Les maisons religieuses de charité ont été aussi l'une des parts chéries de son héritage épiscopal. "Qu'il nous suffise de mentionner le zèle, le dévouement et la protection dont il a daigné entourer le berceau d'une institution qui lui est spécialement chère, l'Hôpital du Sacré-Cœur de Jésus, qu'il a vu naître dans la pauvreté, et se développer d'une manière étonnante. sous la double influence de son action épiscopale et du dévouement des dames religieuses et des zélés bienfaiteurs de cette

2

institution [1]." Sa sollicitude pastorale s'é-
tend, au reste, à toutes les maisons des
épouses du Christ. Tous les ans, il en fait
la visite canonique, s'intéresse à toutes leurs
œuvres et partage leurs joies comme leurs
épreuves. .

1. *Le premier cardinal canadien.*

CHAPITRE III

Mgr **Taschereau délégué du Saint-Siège à Montréal.—**
Difficultés religieuses.—Respect de l'Archevêque
de Québec pour le Pape.—Sa parfaite obéissance
aux décrets de Rome.—Faveurs reçues du Saint-
Père.

Mgr Taschereau venait d'être consacré,
quand il reçut de Rome une mission aussi
honorable que difficile : celle de se rendre à
Montréal, pour ménager un accommode-
ment entre Mgr Bourget et les Sulpiciens,
au sujet du démembrement de la paroisse
de Notre-Dame de Montréal, ou du moins
pour suggérer les moyens propres à obtenir

cette fin désirable. Il partit, le 2 mai 1871, et fut reçu à Montréal avec tous les honneurs dus au représentant du Saint-Siège. Après avoir entendu les deux partis, il adressa au cardinal Barnabo un mémoire élaboré, sur cette importante question, et les mesures qu'il proposait furent trouvées si sages, qu'on se hâta de les prendre, pour terminer les différends et ramener la bonne harmonie.

Plût au ciel que ce fût là la seule cause de malaise dans l'église canadienne ! Bientôt les questions de l'Université Laval, des élections politiques, et d'autres encore formèrent des nuages qui assombrirent le ciel du Canada catholique. Le temps n'est pas arrivé d'apprécier le rôle joué par chaque évêque dans ces difficultés religieuses, et de dire en particulier ce que nous pensons de l'attitude prise par l'illustre prélat dont nous esquissons la vie. Rome crut devoir intervenir pour faire cesser des divisions regrettables, et, à deux reprises, elle envoya au Canada des délégués, pour aider au règlement des affaires ecclésiastiques et politiques.

Ils trouvèrent en Mgr Taschereau un évêque toujours prêt à se rendre, non pas seulement aux ordres, mais aux moindres désirs du Saint-Siège. Et l'on peut dire sans crainte que ça été la règle invariable de toute sa vie. L'amour, le respect et la dévotion envers le vicaire de Jésus-Christ ne sauraient être, il semble, plus grands que chez lui, et chaque année de sa carrière épiscopale peut en fournir des preuves éclatantes. Qu'on lise le discours magistral qu'il fit, le 5 mars 1871, à l'Université Laval, pour protester contre la spoliation du domaine pontifica par les armées de Victor Emmanuel ; les mandements qu'il publia à l'occasion des noces d'or de Pie IX et de Léon XIII ; et surtout sa remarquable lettre pastorale sur le respect dû aux décisions du Saint-Siège ; on sent dans tous ces documents que c'est la raison, la foi et la vertu qui parlent. On comprend que celui qui dit : aimez le Saint-Père, respectez ses décisions, a commencé longtemps déjà à pratiquer lui-même ce devoir de l'amour et du respect filial envers le Pontife Romain.

Il peut dire à tous, prêtres et laïques : *imitatores mei estote;* soyez mes imitateurs.

" La sainte Église catholique [1], dit le prélat, est un temple dont Jésus-Christ est le *pontife éternel selon l'ordre de Melchisédech* (Ps. C. ix. 4.) et *toujours vivant pour intercéder en notre faveur* (Héb. vii, 23.), toujours et partout offrant lui-même par les mains de ses prêtres qu'il a établis *les dispensateurs de ses mystères* (I. Cor. vi. 1.) cette victime sans tache qu'un prophète annonçait comme *devant être offerte depuis le lever du soleil jusqu'au couchant, pour manifester en tous lieux combien est grand le nom du Seigneur* (Malachie, i. 11.).

" Dans ce temple, à côté de l'autel, est la chaire du haut de laquelle le même pontife éternel fait entendre cette voix qui parvient *jusqu'aux extrémités de la terre* ; car ceux qui la répètent en tous lieux ont reçu leur mission du Fils du Dieu, qui, avant de monter au ciel, leur a dit : *Toute puissance m'a été donnée dans le ciel et sur la terre. Allez donc ; enseignez toutes les nations...*

1 *Mandement du 2 février* 1882.

leur apprenant à observer *tout* ce *que je*
vous ai commandé (Matth., xviii. 18...).

" Entre toutes ces voix, il en est une qui
domine les autres ; toujours la même, toujours infaillible, car c'est la voix de Pierre
toujours vivant dans ses successeurs ; la
voix de celui à qui Jésus-Christ a dit : *Tu*
es Pierre et sur cette pierre je bâtirai
mon *Église et les portes de l'enfer* ne pré-
vaudront jamais contre elle, (Matth., xvi.
28...).

" Tantôt elle proclame la vérité ou con-
damne l'erreur ; et malheur à qui refuse de
l'écouter, car c'est la *voix* même du Seigneur *qui brise les cèdres, les* cèdres du
Liban (Ps. xxviii. 5.)......

" Tantôt le Pontife romain définit les
lois imprescriptibles de la morale ; et
ses décisions, comme celles qui touchent
au dogme, sont irréfragables ; car la parole
de Dieu, dont il est le fidèle écho, doit être
la *lampe qui éclaire nos pas* et la lumière
de nos sentiers (Ps. cxviii, 105).

" La sainte Église est aussi un royaume
dont le souverain est Jésus-Christ *le roi*

immortel des siècles (I. Tim. i. 17.). Société visible à laquelle tous les hommes sont obligés de se joindre, sous peine de périr éternellement, l'Église a besoin d'un chef visible, dont la majesté soit un reflet de celle du chef invisible et dont l'autorité s'exerce dans tous les temps et dans tous les lieux, pour maintenir l'unité et l'ordre, au milieu de cette multitude innombrable, et la conduire à sa fin dernière.

" Cette royauté spirituelle du Pontife romain a un droit rigoureux à notre respect et à notre obéissance. Ne séparons jamais ces deux sentiments qui ne peuvent être sincères l'un sans l'autre......

" Nous sommes tenus d'honorer nos pères selon la chair et de leur obéir........ A plus forte raison devons-nous honorer celui qui dans l'Église exerce visiblement l'autorité du père de Notre-Seigneur Jésus-Christ......

" Quand donc, Nos Très Chers Frères, cette voix, paternelle et royale tout ensemble, se fait entendre pour juger un différend, donner une direction à suivre, im-

primer à une institution naissante l'élan
qui doit en assurer le succès, poser des
bornes à des aspirations dont la réalisation
pourrait empêcher un plus grand bien ou
causer des inconvénients......, le devoir
de tout vrai catholique est d'obéir à cette
autorité tutélaire, sans laquelle tout serait
désordre et confusion dans ce vaste royaume."

Le vertueux archevêque ne se contente
pas de prêcher l'obéissance envers le Pape,
il veut que l'on obéisse également aux diverses congrégations romaines, en particulier à la congrégation de la Propagande et
à son illustre préfet.

"Notre affection toute filiale, dit-il, et
notre profond respect sont également dus
à l'homme éminent que la confiance du
Saint-Père a placé à la tête de cette congrégation ; le cardinal Simeoni, dont le nom
vous est déjà connu par une foule de documents, est un de ces hommes dont le vaste
savoir et la longue expérience sont rehaus-
sés par une douceur inaltérable et par une
solide piété."

Cet amour et ce dévouement envers le Siège apostolique furent souvent récompensés par les témoignages d'estime que le Saint-Père ne manqua pas de donner à l'archevêque Taschereau. C'est ainsi qu'à l'occasion des fêtes du deux-centième anniversaire de l'érection du diocèse de Québec, Pie IX lui fit présent d'une riche mosaïque, lui conféra des pouvoirs extraordinaires, et éleva sa cathédrale au rang de basilique mineure. Plus tard, le Saint-Père donna à Sa Grandeur le titre de Comte Romain, en attendant qu'il le revêtît de la pourpre et le fît entrer dans les rangs du sacré collège.

CHAPITRE IV

Fêtes du deuxième centenaire de l'érection du diocèse
de Québec.—Mandement de Mgr Taschereau.—La
messe à la basilique.—Discours de l'archevêque de
Québec.

Le 8 septembre 1874, Mgr Taschereau
écrivit un mandement qui fera époque dans
les annales de l'église de Québec. C'était
pour annoncer au clergé et au peuple fidèle,
que cette église allait célébrer, au 1er octobre suivant, le deux-centième anniversaire de son établissement, et pour convier
à cette glorieuse fête les cinquante-neuf
évêques dont les diocèses faisaient autre-

fois partie de l'immense territoire confié à la sollicitude de l'illustre Mgr de Laval.

" Dans quelques semaines, disait l'archevêque, il y aura deux cents ans que le Souverain Pontife Clément X, d'heureuse mémoire, a érigé le diocèse de Québec, gouverné, depuis quinze ans déjà, par l'illustre François de Montmorency-Laval, en qualité de Vicaire Apostolique. Dans un pays nouveau comme le nôtre, où tout est, pour ainsi dire, d'hier, une pareille durée est un fait remarquable et digne d'être célébré. C'est pourquoi j'ai résolu d'en faire la mémoire au premier octobre prochain, qui est le propre jour où fut signée la bulle d'érection du diocèse de Québec.

"Deux sentiments devront, en ce jour, se partager nos cœurs : la reconnaissance et la confiance.

" Oui, N. T. C. F., *rendons grâces, en tout temps et pour toutes choses, au nom de Notre Seigneur Jésus-Christ, à Dieu le Père. Gratias agentes semper pro omnibus, in nomine Domini Nostri Jesu Christi, Deo et Patri* (Éph. v. 20.).

"Rendons grâces au Dieu de toute miséricorde, qui a voulu que ce beau et vaste continent lui fût consacré, dès sa découverte, par des croix plantées çà et là le long de nos fleuves et de nos lacs, et que ce signe du salut fût porté jusqu'à ses extrémités les plus reculées.

. . . .

"Ah ! si le premier évêque de Québec, le pieux et zélé de Laval, revenait sur la terre, quel cri d'admiration et de reconnaissance il pousserait du fond de son cœur, en voyant les progrès qu'a faits l'Évangile dans ce continent ! L'église de Québec, si petite, si humble, si faible dans ses commencements, chargée néanmoins de porter la parole divine et la bonne nouvelle dans un territoire plus vaste que l'Europe entière, cette église n'a point failli à sa mission, elle n'a pas succombé sous le fardeau, et aujourd'hui elle compte avec orgueil les provinces, les diocèses et les vicariats apostoliques dont elle est la mère féconde.

"Ces merveilles, ce n'est pas une main d'homme qui les a opérées ; à Dieu seul en

doit revenir la gloire ; à Dieu seul donc reconnaissance sans borne ! A l'exemple des
Machabées, *chantons des hymnes, bénis-
sons Dieu hautement parce qu'il est bon et
que sa miséricorde s'étend dans tous les
siècles.*

. . . .

" Afin que notre reconnaissance se ma-
nifeste avec plus d'éclat et que nos prières
soient plus efficaces, nous avons invité les
cinquante-neuf évêques dont les diocèses
ont autrefois fait partie de celui de Québec,
à venir rendre grâces avec nous, et à unir
leurs prières aux nôtres, dans cette circonstance solennelle. Bon nombre d'entre eux
ont déjà promis de venir ou d'envoyer quelqu'un pour les représenter, et ainsi s'ac-
complira, au milieu de notre cité, la conso-
lante promesse du même prophète (li. 3.) :
*La joie et l'allégresse y paraîtront de tous
côtés ; on y entendra les actions de grâces
et les cantiques. Gaudium et lætitia in-
venietur in eâ, gratiarum actio et vox
laudis.*

" Mais voici, N. T. C. F., une autre voix

bien plus autorisée qui daigne s'unir à nous, dans ce concert de reconnaissance et de prières.

" Notre Saint-Père le Pape, à qui nous avons demandé, pour cette occasion, la faveur d'une indulgence plénière et la faculté de donner la bénédiction apostolique, nous a accordé volontiers ce double bienfait. Nous savons de bonne source qu'il a manifesté sa joie et son admiration à la vue de la bénédiction répandue sur notre église de Québec, devenue la mère féconde de tant d'autres églises dans l'Amérique du Nord. Pour mieux exprimer les sentiments de son cœur paternel, il a voulu y ajouter deux autres faveurs, qui demeureront comme un monument éternel de la belle fête que nous allons célébrer.

" L'église de Notre-Dame de Québec, d'abord humble chapelle où se réunissaient les rares familles qui composaient alors toute la papulation française et catholique de ces vastes régions, devint successivement paroissiale, cathédrale et métropole. Le Saint-Père a voulu lui conférer le titre plus **auguste** de *Basilique Mineure*

" *Basilique* signifie *maison royale* ; et de même que les palais des princes sont distingués des autres demeures, et participent au respect qu'inspire la majesté royale, ainsi les basiliques tiennent un rang à part dans la hiérarchie des édifices consacrés à Dieu.

" Il y a dans la ville de Rome, cinq basiliques qu'on appelle *majeures*, à cause de leur antiquité, de leur splendeur, et des souvenirs qu'elles sont destinées à perpétuer. En dehors de la ville sainte, aucune église du monde ne porte le même titre. Mais il y a des basiliques *mineures* en nombre assez restreint, décorées de ce titre par un bienfait tout spécial du Siège Apostolique.

" Il est donc vrai de dire, N. T. C. F., que pour témoigner tout l'intérêt qu'il porte à la belle fête que nous allons célébrer, l'immortel Pie IX a daigné placer l'église de Notre-Dame de Québec au nombre de celles qui figurent au premier rang en dehors de la ville de Rome.

" Salut donc, ô vénérable basilique ! consacrée à la Vierge Immaculée, reine des anges et des hommes ! vraie maison royale, où tant de pontifes ont reçu l'onction pontificale, qui les a établis pasteurs, non seulement pour l'église de Québec, mais aussi pour un grand nombre de diocèses qui lui doivent le jour ! Maison royale, où depuis deux siècles, tant de lévites sont venus recevoir l'imposition des mains qui leur a conféré le sacerdoce royal (I. Pierre, ii. 9.). C'est de votre sanctuaire qu'ils sont ensuite partis, pour évangéliser, les uns, les côtes brumeuses de Terre-Neuve, les autres, les rivages lointains de l'océan Pacifique ; ceux-ci ont dirigé leurs pas vers les froides régions du Nord-Ouest, ceux-là ont suivi le cours du Mississipi, et ont porté jusque sur les bords du golfe du Mexique, la bonne nouvelle envoyée de Québec ! Réjouissez-vous donc, ô vénérable basilique, car il est écrit : *Des enfants vous sont nés pour succéder à vos pères ; vous les établirez princes sur la terre. Ils se souviendront de votre nom de génération en génération. Et pour cela les peuples publieront vos louanges"* (Ps. xliv., 17.).

Ces fêtes du deuxième centenaire furent célébrées avec une pompe extraordinaire. Vingt-deux évêques et plus de quatre cents prêtres avaient répondu par leur présence à l'invitation de l'archevêque de Québec. D'autres prélats se firent représenter, ou adressèrent à Mgr Taschereau des lettres dans lesquelles ils lui assuraient qu'ils seraient présents de cœur et d'esprit. Voici en quels termes l'honorable M. Chauveau décrit les solennités du dernier jour du *triduum* [1] :

" La longue et imposante procession qui se rendit, le matin, de l'archevêché à la cathédrale, en faisant le tour de l'ancienne place d'armes, comprenait des délégations des sociétés religieuses ou nationales, et de tous les corps publics de la cité, et un nombreux clergé, dans les rangs duquel figuraient vingt-trois évêques et archevêques, avec toutes les marques de leur dignité. La vieille cathédrale, érigée en basilique par le Souverain Pontife, était ornée de riches et

1. *Le deuxième centenaire de l'érection du diocèse de Québec.*

élégantes décorations qui ne lui ôtaient rien de sa majesté et lui donnaient un air de fête pour bien dire céleste. On pouvait se croire dans la ville éternelle, et témoin de quelqu'une de ces grandes solennités dont on rapporte un si touchant et si durable souvenir. Aussi, lorsqu'après les chants si imposants d'une partie de la messe, au milieu de la pompe épiscopale et sacerdotale la plus grande peut-être qui se soit vue en Amérique, l'évêque du nouveau diocèse de Sherbrooke monta dans cette chaire, où simple prêtre il avait déjà prononcé tant de sermons remarquables, il y eut dans l'auditoire une visible émotion que l'éloquent discours.... ne pouvait qu'accroître.

" Le chœur de la vénérable église sous lequel reposent les cendres de Mgr de Laval et de tant d'autres saints évêques, suffisait à peine à contenir les prélats et leurs assistants ; la plus grande partie du clergé dut se placer dans les allées de la nef et ce détail étrange et touchant n'était pas un de ceux qui contribuaient le moins à l'effet de l'ensemble.

" Le chant du *Te Deum* fut quelque chose de ravissant. Les voix émues de toute cette foule, les sons de l'orgue, ceux d un puissant orchestre, et à travers le tout les accents harmonieux de ces bonnes vieilles cloches qui depuis tant d'années disent tant de choses aux habitants de la vieille cité, tout cela formait un *sursum corda* des plus irrésistibles. Les acclamations empruntées aux conciles et par ceux-ci à l'Église primitive achevèrent de donner à la cérémonie un cachet d'antiquité et de grandeur qu'il serait difficile d'exprimer par des paroles. "

Les cérémonies religieuses du matin terminées, nos seigneurs les évêques, tout le clergé, et les premiers citoyens de la ville étaient conviés à un splendide banquet. Plusieurs discours y furent prononcés ; le plus remarquable, suivant nous, fut celui de l'archevêque de Québec.

" Chez tous les peuples du monde, dit-il, un repas pris en commun a été le gage de la paix, le signe de l'amitié et comme le sceau de l'hospitalité. Il semble qu'il s'éta-

blit une plus parfaite union des cœurs entre
ceux qui sont assis à la même table.

"Ce que la nature enseigne, la grâce le
fortifie, l'élève, et lui imprime le cachet
d'une beauté surnaturelle.

"Voilà pourquoi, dans cette réunion, je
vois autre chose qu'un repas ordinaire, car
le souvenir qui nous rassemble appartient à
un autre ordre de choses où la grâce divine
exerce son empire, et j'en conclus que cette
grâce n'est pas tout à fait étrangère à cette
hospitalité que nous voulons cultiver."

Et après avoir éloquemment expliqué le
sujet de cette solennité — les merveilles
opérées dans l'église de Québec depuis
deux siècles — le prélat termine en remer-
ciant les personnages éminents qui l'entou-
rent, d'avoir rehaussé l'éclat de cette fête
par leur auguste présence.

"Au nom de cette église de Québec, votre
mère et la mienne, laissez-moi vous dire
combien elle est sensible à la marque d'honneur et d'affection que vous lui donnez en
ce jour.

"Elle en conservera un souvenir ineffa-

çable, car une tradition **toujours vivante et**
vivace recevra et transmettra, à son tour,
les sentiments de joie et de reconnaissance
dont sont inondés les cœurs de **tous les**
enfants de cette église.

" De génération en génération, on se ra-
contera la splendeur des illuminations, l'imposante solennité de la procession, les échos
de l'artillerie, les accords mélodieux de
notre musique religieuse, le choix si heureux du sujet de nos concerts et l'exécu-
tion plus heureuse encore de ce chef-
d'œuvre [1], et les mille détails de ces arcs de
triomphe élevés à la gloire des métropoles
ou de nos missionnaires."

Ce qui ne s'oubliera pas non plus, ce sont
les réponses admirables que fit Mgr Taschereau, aux adresses qui lui furent présentées dans l'après-midi de ce même jour,
et surtout son discours au clergé de Québec.
Nous n'en donnons que quelques extraits :
" Vous connaissez votre histoire, messieurs
du clergé de Québec. La première pensée
de Mgr de Laval, en arrivant ici, fut pour

1 *Christophe Colomb* par Félicien David.

vous. Il avait besoin de coopérateurs zélés, vigoureux, **prêts à** affronter tous les **dangers.** Jusque-là les enfants de S. François et de S. Ignace avaient suffi à peine **aux** besoins de la colonie ; mais il était évident que l'ancienne France ne pouvait pas **toujours leur en fournir autant que** l'exigerait le développement de la population catholique ; il songea donc à former lui-même un clergé canadien.

" **Dès** ce moment fut fondé le séminaire, qui, **depuis deux siècles, a fourni tant de** pasteurs **à** des **églises nées de celle de** Québec, **tant** de **fondateurs à des établisse-**ments **du même genre, tant de coopéra-**teurs **fidèles aux évêques de ce siège.....**

" Voilà **votre histoire, messieurs, vous êtes** les enfants de la promesse faite à notre premier **évêque ; vous êtes aussi les** enfants de sa **douleur, de** sa persévérance indomptable, **de son courage à toute épreuve ; car** vous **savez que ces murailles** vénérables qui **forment aujourd'hui ce qu'on** appelle le *vieux séminaire,* **ont** été **deux** fois visitées **par** l'incendie, pendant les dernières années de Mgr de Laval ; mais, au milieu de ces cruelles épreuves, il a su retrouver toute l'énergie de sa jeunesse, pour reconstruire le berceau fumant de cet enfant de prédilection, qu'il appelait avec amour et orgueil : *mon clergé !*

" A mesure que cet arbre, fécondé par les larmes, les prières, les sueurs et les sacrifices de Mgr de Laval, a poussé de nouveaux rejetons, chaque pasteur d'un diocèse naissant a voulu imiter son exemple, et avoir le droit de dire comme lui : *mon clergé !* Dieu seul connaît ce qu'il leur en a coûté, mais rien de grand ne se fait en dehors de la souffrance et de la croix, et ils recueillent ou recueilleront dans la joie ce qu'ils avaient semé dans la tristesse. Une phalange nombreuse de prêtres entoure chaque pasteur, et le seconde dans ses travaux apostoliques.

" A vous, messieurs du clergé de Québec, à vous le poste d'honneur au milieu de cette phalange ; à vous de continuer la garde autour du premier sanctuaire du catholicisme au Canada ; à vous de chanter les louanges de Dieu dans la basilique de Notre-Dame

de Québec ; à vous de continuer les glo-
rieuses traditions de votre passé ; à vous
de préparer pour les siècles futurs *des fils
aussi dévoués* que vous-mêmes.... à vous
enfin dans les bénédictions du Père céleste,
la part du premier-né, pour porter dignement le drapeau confié à votre vaillance.

"C'est le vœu de tous ces vénérables
prélats qui sont ici ; c'est le mien, soyez-en
sûrs ; et si je pouvais découvrir dans mon
cœur quelque petit recoin qui ne fut pas
déjà à vous, je vous le livrerais et le don-
nerais en bonne forme, en présence de cette
nuée de témoins vénérables, venus de si
loin pour prendre part à notre joie et à
notre reconnaissance. "

CHAPITRE V

La fête du deuxième centenaire était, pour ainsi dire, la fête du fondateur de l'église de Québec. Aussi le nom de Laval fut-il répété, loué, et exalté par tous ceux qui prirent part à ces solennelles réjouissances. Le souvenir de ses vertus, de ses mérites, de ses œuvres grandes et durables, fut rappelé à tous, et l'on se demanda si l'on avait assez fait pour la mémoire de celui qui fut le père de la Nouvelle-France. L'occasion se présenta bientôt de répondre à cet examen de conscience : ce fut lorsqu'on découvrit, le 20 septembre 1877, le cercueil renfermant les ossements de ce grand serviteur de Dieu.

Cet heureux événement produisit de suite les plus vifs sentiments de joie religieuse, et tout d'abord au séminaire de Québec, qui sollicita et obtint l'honneur insigne de recevoir dans sa chapelle les restes vénérés de son illustre fondateur. Mais écoutons le digne successeur de Laval nous dire lui-même le bonheur qu'il éprouve, et l'espérance qui remplit son âme, à la pensée qu'un jour l'Église s'occupera de la canonisation du premier évêque de Québec.

"Nous n'oublierons jamais, Nos Très Chers Frères, l'émotion qui s'empara de notre âme, lorsqu'au mois de septembre dernier, nous nous sommes trouvé en présence des restes mortels de Monseigneur de Laval, le glorieux fondateur de notre église. Ah ! c'est qu'il nous était donné de contempler ce chef vénérable, où étaient venues

s'abriter tant de **nobles** et de grandes pensées ! Dieu l'avait si bien *rempli de sagesse
et d'intelligence ! Implevi eum sapientia
et intelligentia* (Exod , xxxi. 3.) ! Là, près
de ces ossements, nous pensions entendre
palpiter ce cœur où les sentiments les plus
généreux comme les plus forts s'étaient
donné un si fidèle rendez-vous ! Et ce cœur
semblait se ranimer et nous redire à tous
les paroles du psalmiste : *Reprenez une
nouvelle énergie pour la sainte cause du
bien ; agissez avec courage : viriliter age et
confortetur cor tuum* (Ps. xxvi. 14.). Oh !
qu'ils nous paraissaient beaux encore les
pieds de l'Apôtre du Canada, de celui qui
était venu annoncer la paix sur les rives
de notre patrie, porter la bonne nouvelle,
*prêcher le salut et dire à une autre Sion
encore barbare : Votre Dieu va régner !
Quam pulchri pedes annuntiantis bonum,
dicentis Sion : Regnabit Deus tuus* (Isaie,
liii : 7.). Et le prophète élevait de nouveau
la voix pour consoler ces ossements arides,
en leur prédisant un avenir plein de gloire :
*vos os mêmes reprendront une seconde vie
et refleuriront comme la plante des jar-*

dins : ossa vestra quasi herba germina-
lunt (Isaie, lxvi. 14.).

" Heureuse l'église du **Canada, mille fois**
heureuse **d'avoir eu pour** fondateur un
évêque tel que le désiraient les fondateurs
de l'Église **universelle !** N'est-ce pas, en
effet, son portrait que nous retrace **saint**
Paul, dans ses épîtres à Tite et à Timothée ?"

Et Mgr Taschereau, expliquant **le texte**
du grand apôtre, démontre que Mgr de
Laval a été irrépréhensible, prudent, hos-
pitalier, plein de douceur et de mansuétude,
détaché des biens de la terre : *irreprehen-*
sibilem, prudentem, hospitalem, non per-
cussorem, non turpis lucri cupidum. Puis
continuant : " Que l'apôtre ajoute après
cela :

" L'évêque doit être saint, *sanctum* (Tite,
i. 8.), et nous ne serons pas effrayés de
l'obligation imposée à Mgr de Laval. Sans
doute, à l'Église seule il appartient de dé-
poser l'auréole sur le front des héros chrétiens qu'elle veut nous voir honorer d'un
culte public, et nous ne prétendons pas ici
devancer son jugement. Mais, N. T. C. F.,

si, pour avoir la qualité exigée par saint
Paul, il suffit d'avoir pratiqué une humilité,
une mortification, une charité qui, aux yeux
des contemporains, ne le cédaient en rien à
l'héroïsme des premiers siècles ; s'il suffit
d'un zèle à toute épreuve ; s'il suffit d'avoir
fondé et gouverné une vaste Église avec
tant de grâce et de lumière que son successeur immédiat ait pu dire : "Ma plus
" grande peine est de trouver une Église où
" il ne nous paraît plus rien y avoir à faire
" pour exercer mon zèle ;" s'il suffit d'avoir
été fils dévoué du Saint-Siège, prêt à ac-
cueillir tous ses enseignements, malgré les
exemples qui lui venaient de la France ; si,
en un mot, pour être saint, il suffit d'avoir
voué à tous ses devoirs une inviolable
fidélité : nous en avons la ferme conviction,
Mgr de Laval ne s'est pas éloigné de l'idéal
tracé par saint Paul, et il en demeurera à
jamais une des plus parfaites réalisations."

L'archevêque termine ce magnifique pa-
négyrique de Mgr de Laval, en convoquant
les fidèles à la translation solennelle de ses
restes, le 23 mai 1878, et il les invite à

adresser au ciel leurs ferventes prières, pour que l'Église daigne un jour glorifier ce grand serviteur de Dieu.

Les circonstances étaient favorables ; rien ne devait manquer à l'éclat de cette fête de la reconnaissance et de la piété filiale.

L'Église et l'État y figurèrent dans la personne de leurs plus dignes représentants : les archevêques et évêques au nombre de neuf, plus de quatre cents prêtres, le lieutenant-gouverneur de la province de Québec, plusieurs ministres locaux et fédéraux, l'Université Laval, les différents corps religieux et civils, enfin une foule immense accourue pour rendre hommage au fondateur de l'église du Canada. Un étranger était là aussi, témoin illustre, représentant le Père de toutes les églises du monde ; cet étranger, c'était le regretté Mgr Conroy, délégué apostolique au Canada.

Comme au jour de ses premières funérailles, Mgr de Laval traversa les rues de son cher Québec, s'arrêtant comme autrefois dans chacune des églises de la Haute-Ville et des

APPENDICE

MORT DU CARDINAL TASCHEREAU

Le cardinal Taschereau vient de rendre sa belle âme à Dieu. Il est mort le 12 avril 1898, après avoir reçu les derniers sacrements de l'Eglise, entouré de tous les membres de sa maison cardinalice, et laissant à tous, évêques, prêtres et fidèles l'exemple de sa vie et de ses vertus. Un autre plus digne que moi fera son éloge funèbre, son histoire sera écrite plus tard ; mon but dans ces quelques lignes n'est que de raconter brièvement les derniers évènements de sa carrière, pour que cette courte notice soit moins incomplète.

Je veux surtout publier un document très important et qui fait admirablement bien connaître quel homme était déjà, à l'âge de dix-sept ans, celui dont nous pleurons la perte et qui restera l'une des plus grandes figures du Canada. C'est la lettre que le jeune Taschereau écrivait de Rome à sa mère pour lui annoncer qu'il allait entrer chez les Bénédictins et qu'il ne retournerait plus au Canada. Tout l'homme est là dans cette lettre : l'homme du devoir avant tout, l'homme du sacrifice, le théologien développant habilement sa thèse, l'orateur froid et sérieux déroulant l'un après l'autre ses arguments invincibles, l'homme au cœur vraiment sensible compatissant aux souffrances des siens et s'efforçant d'en diminuer l'amertume, l'enfant aimant sa mère de toutes les forces de son cœur, mais surtout le chrétien aimant son Dieu.

L'on trouvera ce véritable chef-d'œuvre à la fin de cet appendice. C'est tout dernièrement que j'ai pu l'avoir entre mes mains et grâce à la bienveillance de madame Taschereau, la belle-sœur de Son Eminence. Il y avait deux exemplaires de cette lettre, tous les deux écrits de la main du cardinal. Le premier, l'original proprement dit, avait été remis par la famille Taschereau à Son Eminence, qui, je dois l'avouer, n'avait jamais voulu me le communiquer. Et cela pour m'empêcher de le publier.

Le second exemplaire avait été adressé de Rome par l'auteur à son frère M. Jean-Thomas qui était alors en Europe, comme on le voit par la lettre elle-même. Du haut des cieux où il est, je l'espère, déjà rendu, je compte que mon vénérable et très aimé cardinal voudra bien me pardon-

ner, si je publie à sa gloire ce document que
son humilité aurait voulu laisser à jamais dans l'ombre.   Je le reproduis dans
sa parfaite intégrité et je n'y ai changé que
deux à trois mots.   On le trouvera à la fin
de ces notes.

Ce petit volume a été écrit en 1891·
A cette époque, le vénérable prélat, sans
être précisément malade, commençait à
sentir le poids des années, et avec sa
prudence et sa vertu accoutumées, il com-
prit que le temps était venu pour lui
d'avoir un coadjuteur.   Après avoir con-
sulté ses collègues dans l'Episcopat et plusieurs des membres les plus éclairés de
son clergé, il fit le choix de trois candidats dont les noms furent envoyés à Rome.
Ce fut le premier sur la liste qui fut élu,
et voici comment Son Eminence annon-
ça elle-même cette joyeuse nouvelle à ses
diocésains, par un mandement en date du
20 avril 1892.

" Nos Très Chers Frères,
    " Le 22 décembre dernier, Sa Sainteté
le Pape Léon XIII a bien voulu Nous
donner pour Coadjuteur, avec le titre d'Archevêque de Cyrène, l'Illustrissime et
Révérendissime Louis-Nazaire Bégin, ci-
devant Evêque de Chicoutimi.   Par un

nouveau bref du 22 mars, le Saint-Père vient de mettre le comble à vos vœux et aux nôtres, en conférant à notre Coadjuteur le droit de succession sur le siège archiépiscopal de Québec.

" Nous éprouvons un vrai bonheur, Nos Très Chers Frères, à vous annoncer cette heureuse nouvelle, qui va causer un vif sentiment de joie au Clergé et aux fidèles du diocèse. Nous sommes rempli Nous-même de la plus vive reconnaissance envers le Souverain Pontife, qui a daigné se rendre à notre demande et à celle de Nos Illustres Collègues de la province ecclésiastique de Québec, en Nous donnant ainsi pour auxiliaire celui que toutes les voix appelaient à cette charge.

" Nous Nous dispensons de faire l'éloge de Notre Coadjuteur, parce qu'il est dans toutes les bouches. Il saura par sa science, sa prudence et sa douceur travailler d'une manière bien efficace à promouvoir les intérêts religieux du diocèse.

" Rendez grâces à Dieu, Nos Très Chers Frères, d'avoir écouté nos prières, et demandez-lui d'accorder à Notre digne Coadjuteur une santé prospère et une longue vie.

. . . .

" Pour Nous, dont les yeux ont vu les
miséricordes du Seigneur, Nous attendons
en paix le jour auquel il lui plaira Nous
retirer du monde et Nous appeler à lui.

" Afin que vous goûtiez mieux par la
suite les douceurs du gouvernement pas-
toral de Notre Coadjuteur, lorsque la Divine Providence l'aura établi votre Pasteur en chef, Nous vous donnons avis par
les présentes, qu'outre le titre de Vicaire
Général qui lui a été donné, Nous l'avons
spécialement revêtu de Nos pouvoirs les
plus amples, à l'effet de visiter en Notre
nom le diocèse de Québec, d'y porter des
ordonnances, de donner les sacrements de
Confirmation et de l'Ordre, en un mot,
de faire quand et comme il lui plaira, tout
ce qu'il jugera plus convenable au bien
de notre sainte Religion et à l'édification
de vos âmes."

Et c'est ici que l'on a vu une fois de
plus l'humilité, et la fermeté de caractère
de Son Eminence. Ce qu'il disait dans
la dernière partie de son mandement, il
l'a fait à la lettre. Et lui qui pendant
toute sa vie épiscopale avait tenu dans sa
main tous les fils qui faisaient mouvoir
le mécanisme de l'administration diocé-
saine, lui qui tenait tant à surveiller et

à diriger tous les détails, lui si naturellement actif, on le vit tout-à-coup se retirer—et complètement—de toutes les
affaires, et remettre à Sa Grandeur Mgr
Bégin, le soin de tout régler dans le diocèse qu'il avait lui-même gouverné si
longtemps.

Pour moi, ça été l'un des moments où
le cardinal m'a paru le plus véritablement grand en se faisant si petit, et où il
a montré le plus d'empire sur lui-même.

Le 22 mai 1892, Son Eminence donne
la consécration épiscopale à Mgr Labrec-
que, évêque de Chicoutimi.

23 août 1892. Noces d'or du cardinal
Taschereau. Tous les détails de cette
belle fête sont consignés dans un volume
publié à cette occasion. Son Eminence
officia elle-même pontificalement.

On le vit encore assister à quelques offices de la basilique, surtout le 19 mars,
fête de S. Joseph et l'anniversaire de sa
consécration épiscopale. Mais bientôt il
dut abandonner même d'offrir le saint sacrifice de la messe, et ici encore ce fut lui
qui en décida, et qui déclara ne plus être
capable de cette grande action. Il en fut
autrement du bréviaire auquel il a tenu
tant qu'il a pu, la prière étant devenu tout

l'aliment de sa vie ecclésiastique. Il fut bon et pieux jusqu'à la fin, doux et patient dans les souffrances, poli toujours envers tout le monde et en particulier envers ceux qui ont eu soin de lui pendant les longs jours de sa maladie.

Il n'est plus ! Il est mort dans le seigneur ! Quelle mémoire il va laisser ! Oui il vivra longtemps et grandira encore dans le souvenir de ses prêtres et de ses fidèles. Moi qui ai eu l'honneur et le bonheur de vivre sous ses ordres et dans sa maison pendant plus de vingt-cinq ans, je puis rendre témoignage et dire hautement que le cardinal a mené une sainte et laborieuse existence, qu'il a un été ecclésiastique modèle, et un maître doux et extrêmement facile à servir.

Que sa mémoire soit bénie ! Que des prières incessantes soient offertes pour le salut de son âme ! Que notre vénéré Cardinal prenne au plus tôt possession de son trône dans le ciel !

Québec, 15 avril 1898.

H. TÊTU, PTRE.

LETTRE

DE

L'ABBÉ E.-A. TASCHEREAU À SA MÈRE

Rome, 8 mai 1837.

Ma chère maman,

Il y a plus de deux mois que je ne vous ai pas écrit ; ce n'est point faute de penser à vous, mais il suffit de savoir que j'ai passé tout ce temps à Rome pour que vous excusiez un si long silence de ma part. Rome ! que de souvenirs, que d'impressions sont renfermés dans ce seul mot, surtout pour celui qui, à peine sorti du collège, visite cette ville éternelle ! Il croit voir sortir de ces ruines majestueuses et de cette terre mémorable cette foule d'hommes illustres avec lesquels il est, pour ainsi dire, familiarisé, avec lesquels il peut converser en se rappellant leur langue, leurs usages, et leurs grandes actions. Mais sans remonter si loin, on trouve dans la Rome chrétienne tant et de si beaux monuments!

Mais remettons à d'autres temps et laissons à d'autres écrivains le soin de vous en faire la description.

Un sujet plus important doit nous occuper en ce moment, puisqu'il s'agit d'une détermination dont les suites s'étendront, de quelque manière qu'elle se termine, sur toute ma vie et d'où dépend l'unique chose nécessaire. Il faut donc vous le dire ; mais c'est en présence de Dieu qui doit nous juger tous, c'est en sa sainte présence que je déclare que je crois de mon devoir, comme chrétien, de me fixer en Europe... en France. Par un concours admirable de circonstances devant lesquelles la raison humaine se confond et demeure impuissante, je suis venu à connaître le supérieur de la communauté des Bénédictins de Solesme, près de la ville du Mans, en France. A peine l'eus-je aperçu, que je me sentis entraîné par le désir d'entrer dans son ordre. Bénédictin ! me dis-je, voilà quelque chose qui me va. On ne se fait point Bénédictin seulement pour prier, mais pour prier et travailler pour Dieu. Que de services rendus à la religion par cette institution admirable ! Et voilà que je fais part de mon désir à ce bon père qui me dit que le bon Dieu ne m'avait pas donné inutilement un tel désir, qu'au reste il fallait implorer ses lumières avec la ferme disposition d'accomplir sa volonté. Il dit plusieurs fois la messe à cette intention, je priai, je méditai, je consultai, et chaque jour ajoutait de nouvelles raisons pour ce parti. Comment ne pas reconnaître en cela l'influence de Celui qui a dit dans les Écritures :

" Je te donnerai l'intelligence, je t'appren-
drai la voie que tu dois suivre et je fixerai
mes yeux sur toi ". Je n'ai pas de doutes
sur ma vocation.

Lorsque je vous annonçai, l'année dernière, dans le mois de janvier, que mon
dessein était d'embrasser l'état ecclésiastique, vous bénîtes ma résolution, vous
vous réjouîtes de ce que Dieu vous ayant
donné deux fils, il s'en était réservé un ;
vous n'élevâtes aucun doute sur la sincé-
rité de la voix qui m'avait indiqué cette
route ; aujourd'hui que cette voix plus
forte et plus puissante m'inspire les sacrifices les plus durs, les privations les plus
sensibles, me crie qu'il vaut mieux sauver
son âme que de gagner l'univers, sa parole vous serait-elle suspecte ?

Attribuerez-vous à l'inconstance, à la
légèreté, le sacrifice d'une patrie floris-
sante, d'une mère chérie, de sœurs bien-
aimées, d'un bon frère, d'une foule de parents, d'amis, de connaissances ?—Non, il
n'en peut être ainsi, d'abord parce que ma
première résolution subsiste toujours : je
veux encore être prêtre. Et ensuite quelle
inconstance, quelle légèreté ont jamais
porté à une telle cruauté ? Vous devez
voir que je ne me dissimule point du tout
la grandeur du sacrifice, que je ne me fais

pas illusion sur l'amertume du calice que
je veux boire. Aussi ce n'a pas été sans
de rudes combats et de terribles épreuves
que je me suis décidé à écrire cette lettre.
Il est impossible de rompre tout à coup et
sans effort avec un sentiment de notre
cœur, qui, né avec nous, grandit à mesure
que nous grandissons. Aussi combien de
fois me suis-je représenté tous ces lieux
si agréables par les souvenirs de bonheur
pur qu'ils rappellent ! Combien de fois je
me suis représenté ma mère, mes sœurs,
mon frère regrettant mon absence ! Mais
cette vie est si courte, si misérable, devons-
nous regretter de la sacrifier à Celui de
qui nous la tenons ? Et qui sait ce que
Dieu prépare à mes compagnons de
voyage qui veulent revoir leurs parents,
leur patrie ? Qui leur a dit que les oura-
gans ne ravageraient pas la mer, que
l'océan comblerait pour eux ses profonds
abîmes, que les vagues respecteraient le
vaisseau qui les portera, enfin qu'une route
aussi longue ne leur offrirait point de ces
épisodes terribles, malheureusement trop
communs ? Alors vous pourrez contempler en paix une séparation bien douloureuse à la vérité, mais qui peut être, dans
les desseins cachées de la Providence, une
consolation, un bonheur inespéré et bien

doux. Mais quoi ! nous sommes chrétiens, nous sommes sur une terre de passage, nous y sommes pour un moment, et nous redoutons une séparation qui, supportée avec résignation, pourra nous rendre dignes de nous asseoir ensemble à la table des bienheureux, et nous réunir, non pas pour un jour ni pour une vie, mais pour l'éternité ! Car c'est toujours là qu'il en faut revenir. Celui qui pense à autre chose n'élève que des fantômes ; mais celui qui cherche le royaume de Dieu reçoit tout le reste par surcroît. Ses pensées partent de l'infini, ses conceptions sont dans l'ordre, et tout ce qu'il élève repose sur le roc et non sur un sable mouvant. " Les vents se sont déchaînés, les fleuves se sont débordés et ont emporté tout ce qui était autour, lui seul reste immobile sur ses bases solides."

Voici une autre objection : c'est de savoir si je ne suis pas obligé à employer les moyens que Dieu m'a donnés, au service du Canada qui est si pauvre en prêtres.—Mais tous les hommes ne sont-ils pas mes frères ? Qu'il y ait beaucoup de bien à faire au Canada, je le veux ; mais pouvez-vous répondre que c'est à moi qu'il est réservé de le faire ? Ah ! ayons plus de confiance en la sagesse toute puissante,

elle saura bien me remplacer. Et après
tout suis-je obligé de sacrifier mon âme
pour les uns plutôt que pour les autres ?
Une seule chose est nécessaire, c'est de
sauver son âme et non de faire du bien.
Telles ces pierres placées au bord des chemins indiquent au voyageur la route qu'il
doit suivre et la distance qui le sépare du
but de sa course, sans pouvoir elles-
mêmes se mouvoir, ainsi souvent un prêtre vivant au milieu du monde demeure
dans le même état, tandis que ceux qu'il
dirige tendent rapidement à la perfection,
et transporté tout à coup par la mort au
tribunal du souverain Juge, il se trouve
vide de mérites, heureux s'il n'a pas flé-
tri les grâces de son ministère. Il faut
ici-bas que chaque chose soit à sa place, et
nous, qui sommes-nous pour oser nous
plaindre de ce que notre mission soit cel-
le-ci plutôt que celle-là ? L'argile n'a
pas le droit de demander au potier pourquoi il lui donne telle forme plutôt que
telle autre, et nous sommes dans la main
de Dieu comme un vêtement qu'il plie
et déplie à son gré.

Il faut bien nous persuader enfin que
le parti que je prends n'est que provisoire
et ne m'oblige nullement pendant deux
ans, et qu'en même temps que j'éprouve-

rai ma vocation à l'état monastique, je
ferai mon cours de théologie sans que rien
ne me distraie ni m'arrête, et qu'au con-
traire tout me favorisera et me disposera
à la haute dignité du sacerdoce. Ainsi
quand même ma présente détermination
viendrait de la précipitation, d'une illusion quelconque, vous pouvez vous rassu-
rer, car deux années entières de méditation
ne peuvent laisser subsister ce qui n'est
pas vrai ni solide.

Jusqu'ici je vous ai parlé le langage
d'un chrétien qui connait son devoir et
se sent la grâce de le remplir ; je veux
vous adresser le langage d'un fils respec-
tueux, reconnaissant et plein d'amour.
Vous avez veillé avec tendresse sur mon
berceau, vous avez dirigé avec sollicitude
mes premiers pas dans la carrière de la
vie, vous vous êtes souvent imposé des
privations pour m'obtenir d'être sage et
vertueux, vous avez pris soin de me faire
éviter les sentiers du vice : prières, peines,
sacrifices, soins, exemples, vous avez tout
prodigué avec joie pour assurer mon bonheur en ce monde par la vertu et dans
l'autre par la récompense. Voudrez-vous
donc aujourd'hui perdre tout le fruit d'une
nouvelle offrande qui peut assurer notre
bonheur, si elle est faite avec foi, avec

charité ? "Dieu soit béni ?" disait quelqu'un qui nous fut bien cher, et cela au
milieu des angoisses de la mort et des
douleurs d'une maladie terrible ; voulez-
vous donc lui en céder en résignation et
ne point consentir à un sacrifice dont la
grâce m'a peut-être été obtenue en sa
faveur ?

Je termine cette lettre, ma chère maman, car je sens qu'elle est une épreuve
trop longue pour votre cœur maternel qui
désire en voir la fin ; et moi-même je n'ai
pu l'écrire sans m'interrompre bien des
fois pour essuyer une larme et demander
la grâce d'achever. Oh ! qu'il est bon le
Dieu qui soulage celui qui a recours à lui !
Invoquez-le souvent, pour qu'il vous sou-
tienne dans cette épreuve, et qu'il me
conserve toujours tel que vous me désirez.

Vous aurez toujours au delà des mers
un écho fidèle qui répondra avec amour
et reconnaissance à votre affection ainsi
qu'à celle de mes chères sœurs et de mon
frère qui, à l'heure où je vous écris, ignore
encore ce que je vais faire. Veuillez être
l'interprète de mes sentiments auprès de
mes oncles et surtout mon oncle P. Panet,
de ma tante Rose, de mes autres tantes,
de mes cousins et cousines et de tous ceux
que j'ai connus. Je penserai toujours avec

attendrissement à eux tous et surtout à vous, ma chère maman, que j'embrasse de tout mon cœur.

E. A. Taschereau.

P. S.—Quant à la partie temporelle, voici ce qui en est : Avec les £50 que vous devez m'avoir envoyés pour mon retour et ce qui me reste encore, vu que nous n'avons pas bougé de Rome, je pourrai payer pendant trois ans ma pension à la communauté qui est pauvre. Cette pension est de £20 tout compris. Ainsi vous voyez que même sous ce rapport c'est un grand avantage. La communauté étant nouvellement établie a besoin de ces secours pour se soutenir ; peut-être un jour pourra-t-elle s'en passer. J'espère que si je me vois obligé de la payer au delà de ce temps, vous voudrez bien me faire passer chaque année cette petite somme qui n'est rien en comparaison de ce qu'il fallût, si je fusse resté au Séminaire de Québec. Vous pouvez m'écrire avec l'adresse suivante : A Mr l'abbé Taschereau—A la Communauté de Solesme—par Sablé—Département de la Sarthe—France.

Ne vous étonnez point de ce surnom d'abbé ; en France, c'est le titre de tous les prêtres et même de ceux qui ne sont que tonsurés. Je vous écrirai par mes compagnons qui partiront probablement vers le milieu de juin pour l'Amérique. Dieu les accompagne et nous bénisse tous !

Je dois être présenté au Pape, vendredi ou samedi prochain.   Adieu encore.

E. A. T.

J'ai reçu une lettre de Thomas, datée de Milan le 20 avril, dans laquelle il me marque qu'il vous a écrit le même jour. Je lui ai écrit à Strasbourg et à Londres où il doit être vers le 15 ou 20 de ce mois. Mr Holmes est encore à Paris, du moins je le suppose, car nous ne savons rien de positif sur son compte, vu que depuis le 22 février que nous l'avons quitté, il ne nous a pas écrit, excepté lorsque nous étions à Marseille.   Il a tant d'occupations, qu'il n'en a pas le temps ; surtout il craint de ne pouvoir retourner avec nous.   Je lui ai écrit dernièrement à mon tour de venir à Rome.   Il ne sait rien, mais il le saura plus tard et à temps.

E. A. T.

Madame Veuve Jean-Thomas Taschereau, à Sainte-Marie, Comté de Beauce,

Bas Canada,
Amérique septentrionale.